泰戈爾詩集

Collected Poems of Rabindranath Tagore

泰戈爾 著

糜文開 裴普賢 糜榴麗 譯

拉平特拉・泰戈爾 (Rabindranath Tagore) (1861–1941)

亞洲第一位諾貝爾文學獎得主
作品清新動人，蘊藏世間哲理，有「詩哲」之譽

泰戈爾是印度馳名世界的文學家、哲學家及愛國主義者，一九一三年，以詩集《頌歌集》榮獲諾貝爾文學獎。泰戈爾一八六一年生於加爾各答一個貴族家庭，自幼便展現過人的文學天賦，三十五歲前已著述了短篇小說、戲劇及詩歌等多部作品，最知名的兒童詩集《新月集》便是此時期名作。

儘管泰戈爾的作品以詩歌為主，但是其戲劇和散文也都洋溢著清新的詩意，蘊蓄人生的哲理。代表作品有《漂鳥集》、《頌歌集》、《新月集》、《採果集》、《園丁集》等，深富藝術價值，皆廣為流傳。

糜文開 (1909–1983)

知名印度文化學者，
泰戈爾在華文世界最經典的代言人

糜文開，江蘇無錫人。曾任印度國際大學哲學院研究員，以及香港新亞書院、國立臺灣大學、國立臺灣師範大學等校教授，並擔任外交部專員，駐印度、菲律賓、泰國大使館祕書。

糜文開於一九四〇年代長駐印度十年，因此種下與印度文學、歷史的深厚淵源，對中印文化推廣更是不遺餘力。返臺後，應著名學者臺靜農教授之請，至臺灣大學講授印度文學。譯有《漂鳥集》、《頌歌集》、《採果集》、《奈都夫人詩全集》等十餘種印度文學，並與其女糜榴麗合譯《新月集》等，與其夫人裴普賢合譯《泰戈爾小說戲劇集》等，為近代少數精研印度文化的學人。

推薦序

鴻鴻

長期以來，印度詩哲泰戈爾精鍊雋永的詩篇，像一枚枚精緻的鑰匙，開啟了讀者對內在感受的諦聽。這些詩傳達了苦惱、祈求、嚮往，如一捧透澈清涼的水，出現在酷暑當中。其實，泰戈爾的經歷與創作、思想與行動，遠比詩中被提煉過的文字來得複雜。

泰戈爾是第一位獲得諾貝爾文學獎的亞洲作家，也被視為東方文化的代表。一九一三年獲獎，次年即爆發世界大戰。他對戰爭的殘酷痛心疾首，斷言西方文明已走到盡頭。而在中國，他的粉絲不少，甚至胡適、徐志摩、聞一多、梁實秋的「新月派」也是據泰戈爾的詩集命名。但他一九二四年應梁啟超之邀訪華一行，卻引起了思想與文化的激烈論爭。支持「新文化運動」的作家認為，主張復興東方傳統哲學的泰戈爾，對於正欲革除積弊、學習西方科學精神的中國而言，是不合時宜的。

然而無論支持或反對者，恐怕對泰戈爾的印象都流於片面。終其一生，泰戈爾都是一位行動家。雖出身上流階層，但他對平民生活觀察入微，也深感同情。這在他的小說（例如〈喀布爾人〉與〈皈依者〉）當中，體現無遺。他留學英國，卻對英國的殖民統治抨擊不遺餘力，也曾實際參與獨立運動，並與甘地維持長期友誼。可惜他在一九四一年過世時，還來不及見到印度的獨立。

泰戈爾也是教育家，諾貝爾獎金用於他在家鄉成立大學的第一桶金。印度的偉大電影導演薩雅吉．雷便是從這所大學畢業，並在一九六一年拍攝了泰戈爾的紀錄片，後來將他的兩部小說拍成電影：《孤獨的妻子》和《家園與世界》，前者改編自〈破裂的鳥巢〉，係以泰戈爾和嫂嫂隱密的戀情為藍本，薩雅吉．雷因此片獲頒一九六五年柏林影展最佳導演獎，《孤獨的妻子》受公認為印度電影的高水準作品之一。

泰戈爾也是音樂家，他寫過上千首歌曲，廣為傳唱，包括印度和孟加拉國歌都採用了他的詩。音樂性貫穿了他的所有作品。他的作品雖往往有傳統的淵源，卻被他個人多變的聲音所翻新。比如戲劇《奚德蘿》便是取材自史詩《摩訶婆羅多》，而詩集《頌歌集》（又譯《吉檀迦利》）是和神的對話，但這神並非哪個宗教的上主，而是自然中無所不在的靈性。《園丁集》採取了古代寓言及情歌的形式，觀點卻不斷在男女間巧妙置換。《新月集》則探索孩子的世界，寫親情也寫死亡，在小小的心靈中讀到浩瀚的情懷，令人動容，難怪會成為印度各級學校的教材。

糜文開先生從事外交工作，藉長期出使印度之便，從事文學研究與翻譯，為我們留下豐厚的遺產。他與妻女合作，以典雅的文字迻譯泰戈爾主題各異的代表詩篇，還兼及小說、戲劇，讓我們一窺泰戈爾多樣的文學風貌。這批曾廣為傳頌的作品，是亂世中的涓涓清音，有機會繼續流傳，我深為新一代的讀者感到慶幸。

代序

金糜岱麗

泰戈爾 (Rabindranath Tagore) 於一九一三年以《頌歌集》(*Gitanjali—Song Offerings*) 榮獲諾貝爾文學獎。他是有史以來獲得這個殊榮的首位歐洲以外的文學家——不但是印度的第一位，也是亞洲的第一位。泰戈爾曾赴歐洲、美洲介紹自己翻譯成英文的詩集，《頌歌集》、《園丁集》在歐美文藝界大獲好評，風靡一時。

詩哲泰戈爾的詩作風態清新設想新奇，描述大自然如身歷其境，優雅細膩，蘊蓄著人生哲理，他對世界一切以及大自然都有敏銳深入的觀點和優雅描述。然而，不僅是詩歌創作，多才多藝的泰戈爾，在繪畫、小說、兒童故事書、戲劇、唱歌跳舞與編導等方面，都卓有成就，他一生所寫戲劇有二十多部，小說更多達百餘篇，構織出一幅幅他所處的當代印度細密畫。

先父糜文開教授（一九〇九年七月三十日—一九八三年三月六日）是精心研究印度

歷史和文學的學者。一九四〇年代於中華民國駐印度大使館任職近十年，對印度文學生發了深厚的興趣與追求，利用公餘之暇開始翻譯泰戈爾的詩集、小說、戲劇和其他印度文學家的巨作。一九五七年，先父與先母譯完了泰翁《園丁集》後，接力一同譯成《泰戈爾小說戲劇集》。當中選錄了七篇小說、兩部戲劇，題材燦爛多變，讀者不僅從中可以一窺泰戈爾矢志創新的個人風采，以及其字裡行間的獨特音樂性；也能看見其寄託對宗教的革新思想、對舊陋習俗的控訴和對純美愛情的謳歌；而《泰戈爾詩集》深入淺出，得體入味，讓讀者與詩哲融為一體，隨詩句翻飛縈繞，優遊於美妙的境界之中。

糜榴麗女士是先父與其前妻所生四位千金的大女兒，一生盡孝，協助先父翻譯文學詩集，不辭辛勞。二〇二〇年一月二十日逝世於加拿大多倫多，享壽八十六歲。

先母裴溥言教授（一九二一年二月二十八日－二〇一七年四月八日）一向用筆名裴普賢著述出版書籍，與先父於一九五七年三月二十五日結婚，同心協力寫作，互相切磋，共同勉勵，前後一共出版了近三十種書籍，暢銷全球。先父先母就我一個獨生女。先母二〇一七年四月在美國加州爾灣仙逝，享耆壽九十六歲。當時，我先生金保和我即時為先父先母在臺灣大學中文系成立了「糜文開與裴溥言教授紀念永續獎學金」，期盼能持續不停地推廣中國古典文學的研究與博士的栽培。三民書局找我寫這短短卻意義深遠的序文，是我一生最大的榮幸；而能有這麼多聞名的學者、前輩們共襄盛舉，為先父主譯的《泰戈爾詩集》、《泰戈爾小說戲劇集》作經典導讀，更備感榮耀。

沈剛伯太老師在《園丁集》序文祝福《泰戈爾詩集》百年後依然暢銷。的確，從一九一三年泰戈爾榮獲諾貝爾文學獎至今已越一〇七年，他對現代世界社會人心靈性的薰陶沒有絲毫退減，反而更加切合。預祝詩哲的詩集、小說戲劇集再風靡百年，將人性追求的真善美和愛留傳千古。

二〇二〇年十一月六日於美國加州爾灣

目次

漂鳥集

泰戈爾 著　糜文開 譯

序

要了解一位大詩人的詩，須先了解他的生平及思想，詩哲泰戈爾的詩，雖然清新俊逸，但是你若不了解他奧妙哲學的全部，便不能有真切的了解，而且有好些詩你會完全不知所云。泰戈爾自獲得一九一三年的諾貝爾文學獎金以後，他的詩風靡全球，不到十年，也引起了中國新文壇的狂熱，尤其在一九二四年他來華的前後，有許多文藝工作者搶著譯他的書，許多書店搶著出版他的譯本。他的好多重要著作有了中譯本，而且同一著作有的有著幾個中譯本，真是盛極一時。但是因為是趕時髦搶譯，有的譯本，未免草率，以致錯誤百出。就是認真從事的，也因了解不足，還是譯得不妥貼，甚至到處出岔子。拿鄭振鐸所譯《飛鳥集》為例，他譯這集子時，已有人選譯過，他擬全譯，但化了許多時間全譯後因無把握，仍刪節為選譯本，刪去難譯的詩達六十八首之多。譯成後又由葉聖陶、徐玉諾二位仔細校讀過，而且他又給泰翁寫傳記，可謂對泰翁有專門研究的人了，但是他仍免不了草率，免不了誤解。Stray Birds 譯為飛鳥便不能妥貼，有好幾首誤解了原意，第六十八首 Wrong cannot afford defeat, but Right can. 譯為「錯誤不會招失敗，但是真理卻會。」竟是原意的反面，真要使人吃驚。至於草率到 dusk 錯認為 dust，於二八一及三一四等首均把這字一再譯為「煙塵」，三二五首中的 Cling 誤認為 Climb 而譯為「爬」，三一四首中的 Tract 誤認為 Track 而譯為「轍跡」，二一八首的 Shadowy 認為 Shady 而譯為「蔭涼的」，不勝枚舉，真是太不負責任了。至於三十八首中的 limbs 譯為「唇」，一四四首中的 Sings 譯為「嘆」，或者是未照原文譯，或者是被手民所誤。

我在國內時，曾陸續看過好多泰翁作品的中譯本，及有關泰翁的理論及傳記，到印後六年間，又把他重要著作的英文本逐一閱讀，我雖有把奈都夫人的詩和迦里陀莎的劇本譯成中文的奢望，但從未想起要把泰翁的作品重譯，因為翻譯泰翁作品的有很多人是名家，是我向所信賴的。

新德里夏季的炎熱，頗不宜於文字的寫作，照例有錢的人都上山避暑去了，不去避暑的人也只上午做些事，下午便家家閉戶，行人絕跡，鬧市一變而為死市，若有人敢驅車出門巡禮一番，一定說這裡是一座鬼城，因為一切動物也都成蟄伏狀態，連一條狗一隻貓也看不到，飛鳥走獸，都已蟄伏在隱蔽的地方了。我雖從未避暑，但到新德里後，夏季也總看點閒書消遣。今夏寶琛兄看中了我桌上的 *Stray Birds*，讀得很有興趣，我便把鄭譯《飛鳥集》找給他，勸他試把鄭譯所缺六十八首譯出來，因為這六十八首大半是這書精彩的部分。寶琛兄要我幫著一同譯。我們把鄭譯與英文本對著，發現鄭書已譯的部分，錯誤很多，於是我決定在辦公之後以消閒的態度，參考鄭譯，把全書三二六首逐一譯出，我每天譯上二三首，或四五首，寶琛兄便幫我繕正，覺得這樣消夏，精神很愉快。英國詩人夏芝曾遇到一位印度醫生對他說：「我每天讀了泰戈爾的一句詩，世上的一切苦痛便立刻忘了。」我也真的把炎熱都忘了。

我對泰戈爾的哲學有相當的理解，懂得他對宇宙萬物的看法，懂得他「死是生命的一部分」的道理，懂得他「醜是不完全的美」、「惡是不完全的善」的意思，懂得「真相」、「假相」的分別，以及他對「上帝」的認識等等，所以譯起來並不覺得十分困難，興趣濃厚時，在盛暑中一天譯上十多首而不倦，因此不到兩個月，我便把全書譯完了。

泰翁這本詩集，可說是雋品中的雋品，很受中國讀者的歡迎，對中國文壇的影響很大，曾引起冰心女士等專寫小詩的風氣。但其中有好幾首，簡直不是詩，只是格言，前舉第六十八首便是一例，我們雖然都譯出了，但決不可當做詩讀。有幾首詩原文可以有兩種解釋而都合於泰翁的觀點的，我便採取與鄭譯不同的一種。

可是書名應該怎樣譯法呢？鄭譯「飛鳥」固不妥貼，一般譯作「迷鳥」更不適切，如譯「偶來的鳥」又嫌用字太拙，我擬譯為「漂鳥」，但不知是否貼切，我便設法找孟加拉文原作來研究，但他孟加拉文著作的書目中，沒有相當這本詩的書名，特地向幾位印度學者請教，他們也回答不出來，我看到他第二首詩便是嚮往於漂泊者的話，更想到古代印度學者修道的四階段，最後是雲遊期，尚在林棲期之後，而印度兩大史詩至今尚有流浪詩人挨戶來歌唱。可知印人對雲遊的重視，對漂泊者的尊敬了。這書第一首以漂鳥象徵經過森林裡修道後的雲遊者確甚適切，再經查動物學書，知唱歌的鶯類，便是漂鳥之一種，與詩句完全符合，於是決定譯作「漂鳥」。我把我這個意見告訴印度朋友，也獲得好些人的讚許。

鄭振鐸等在二十多年前已給我們做了不少開路的工作，縱有誤譯，也應原諒，像大詩人泰戈爾的作品，有很多中譯本已絕版了，而且到今朝也應該是重新把它們有系統地精譯出版的時期了。但在今日的出版條件中，頗覺困難，我譯這本書，也只是為了消夏，並不是為了應市。現在只記下我翻譯的經過，留作紀念，將來有興致時，不妨再拿出來讀讀，修改幾首，潤飾幾字，以求格外完美，以後如有閒暇，或者也將再譯幾本，自然有出版的機會，也不妨就印它出來，至於對絕版書的補救，我想可以精選泰戈爾的代表作，包括詩歌、戲劇與小說，出一本集子，以饗讀者。可能時我當盡力試他一下。

文開　民國三十七年八月十日於新德里

泰戈爾小傳

拉平特拉泰戈爾 (Rabindranath Tagore) 於西元一八六一年五月六日（孟加拉曆一二六八年正月二十五日）生於印度加爾各答。他的父親德本特拉 (Debendranath Tagore) 是一位印度有名的社會和宗教改革家。德本特拉有七個兒子三個女兒，拉平特拉是最小的一個。他幼年不慣於家庭和學校的拘囚式生活。他離開家塾以後，進過本地的東方學校、師範學校、和英人辦的孟加拉學校，沒有一校他能讀滿一年以上的。可是他在七歲時便由他的姪兒教會了作詩。他生平的兩位偉大教師，則是自然界和平民。

十一歲時他父親帶他到喜馬拉雅山旅行。那裡的森林生活，給他的感化很大。

第二年，他的母親薩拉達 (Sarada Devi) 死了，失去了母愛。以後跟他父親在恆河畔住了幾年，練習他的寫作，發展他的天才。十四歲時寫成詩劇 *Balmiki-Prafiva* 等作。十七歲遊歷英國，玩索英國詩的韻律，但翌年便返印。

這時泰戈爾已是一個飲喝著青春醇酒的少年，他為熱情與官能所感發，謳歌著浪漫的情詩，寫成《日沒之歌》(*Sandhya Sangrita*) 等詩集。直到二十三歲結了婚，他的浪漫時代才告終止。

後來他的兩個兒子三個女兒相繼出世，這許多小天使成為他新的題材。孩子的天真與母愛引發他寫出了美麗的《新月集》(*The Cresent Moon*)。

這時他的父親叫他去管理鄉間的田產，過著田園生活。他常坐在一隻小艇裡，浮泛在柏特瑪 (Padma) 河上，任情地陶醉在自然的懷抱裡。同時在農村中深受農民純樸與虔誠的感動，他用同情心和他們相處，儘量幫助他們，成為他們的朋友。他設法改善農民的生活，因此招致了英國官吏的嫉妒與猜忌，他大部分的短篇小說都在這裡寫成，詩歌也寫了不少，劇本寫了《齊德拉》(*Chitra*) 等名作。

可是在他三十五歲前後，不幸他的長女次女都夭折了，他的幼子也殤亡，而且他的夫人也逝世了。這極度的悲痛，純化了他的心靈，使他的思想和作品達到了最高的境地。於是在四十歲以後寫出了他的成名的詩篇《園丁集》(*The Gardener*)、《頌歌集》(*Gitanjali*) 和劇本《暗室之王》、《郵局》等巨著——詩集《採果集》(*Fruit-Gathering*)、《愛貽集》(*Lover's Gift*)、《歧路集》(*Crossing*)、《漂鳥集》(*Stray Birds*)、《流浪集》(*The

Fugitive）也各有其特色——，並於一九〇二年在聖地尼克坦（Santiniketan，和平鄉或寂鄉）創設一所自由和愛的學校來培植人才，用教育的改造來建立改造印度的基礎。該校於一九二二年擴充為國際大學（Visva Bharati），其目的為溝通東西文化，造成國際和平基礎。該校課程編制均極自由，地處鄉野，師生赤足徒步，生活簡樸，且在樹蔭下席地圍坐講授，故有森林大學之稱。一九三七年該校添設中國學院，聘我國譚雲山先生為院長，促進中印文化的交流與合作。

泰翁的作品，大多是用孟加拉文寫的，一九一二年，他攜帶他自己英譯的《園丁集》巡遊歐美各國，在各大學演講，大受歡迎。一九一三年，他以詩集《頌歌集》獲得諾貝爾文學獎金。這是東方人獲得這獎金的第一次。一九一五年，英皇授以爵士榮銜。一九一六年遊日本，一九二〇年再赴歐美，一九二四年更到中國講學。足跡所至，到處受人狂熱的歡迎。這期間，他陸續發表了他的論文集《生之實現》、《人格》、《國家主義》、和《創造的統一》等哲學名著。返印後繼續主持國際大學。一九四一年八月七日（孟加拉曆一三四八年四月二十二日）逝世，享年八十歲。

泰翁的作品，以詩歌為主，其他的戲劇和散文，也都洋溢著清新的詩意，含蓄著人生的哲理。所以有「詩哲」之稱。他的思想脫胎於古印度的《奧義書》，很受他父親的影響。他融合了西洋哲學和基督教義，把印度思想予以新的解釋，而成為現代化了的東方思想。他痛貶西方思想的沉淪於物質主義，為處處分隔與排他，從事征服的堡壘文明。指出古來印度思想是調和而合一的森林文明。同時他也反對印度的階級制度。他將印度的厭世思想一變而為充滿生命與活動，孕育愛和美，以宇宙為大我，以服務為人生的積極思想。他的所謂神或梵，就是宇宙的大生命大法則。遍在於一切事物之內，也遍布於我們自身之內。我們體認萬有的愛，捨棄小我，不絕地進化創造，無限地擴大生命人格，來融入於宇宙大生命之中才能得到「生之實現」。這便是神人合一的理想生活。這樣，他用他美妙的詩歌，用他精闢的演講，轟動了整個世界，一躍而為二十世紀世界文壇的大文豪。

基於和平的愛好，他和巴比塞、羅素、愛倫凱諸人在法國巴黎組織「光明團」，從事永久和平的非戰運動。他有世界主義的理想，主張「把各民族都發展開來，創造全地球統一的國家，而各民族都成為全世界大結合的一分子。」所以他同時仍是一個愛護印度的愛國主義者。他同情貝桑夫人的自治運動，贊成甘地的不合作運動，將自己的爵位退還英國政府。

泰戈爾長子羅諦 (Rothindranath Tagore) 為印度當代藝術家，繼其父主持國際大學，現任該校祕書長。校長由女詩人奈都夫人擔任，奈都夫人逝世後由尼赫魯繼任。

（收錄於《泰戈爾詩集》，民國五十二年初版）

1

夏天的漂鳥，到我窗前來唱歌，又飛去了。
秋天的黃葉，沒有歌唱，只嘆息一聲，飄落在那裡。

2

世界上渺小的漂泊者之群啊，留下你們的足印在我的字句裡吧。

3

世界在愛人面前把他龐大的面具卸下。
牠變成渺小得像一支歌，像一個永恆的接吻。

4

這是大地的淚水保持著她的微笑盛放。

5

廣大的沙漠為著搖搖頭笑笑就飛逃的一葉青草而燃燒著愛情之火。

6

假使當你渴念著太陽而流淚，那末你也在渴念著星星啊。

7

跳舞著的水啊，在你途中的砂粒乞求你的唱歌和流動。
你願擔起他們跛者的負荷嗎？

8

她的渴望的臉像夜雨般纏繞住我的清夢。

9

從前我們曾夢見我們都是陌路人。
當我們醒來時卻發見我們互相親愛著。

10

正像「黃昏」在靜寂的林中，「憂愁」在我的心裡已平靜下去。

11

有些看不見的手指，像閒逸的微風，在我心上奏著漪波的音樂。

12

「海喲，你講的什麼話？」
「是永遠疑問的話。」
「天喲，什麼是你回答的話？」

「是永遠的沉默。」

13

我的心，請靜聽世界的低語，那是他在對你談愛啊。

14

造化的奧祕有如夜的黝黑——這是偉大的。智識的迷惘只是清晨的霧。

15

不要把你的愛置於絕壁之上，因為那是很高的。

16

今晨我坐在我的窗口，世界像一個過路人在那裡停留片刻，向我點點頭又走開了。

17

這些小小的思想是那沙沙的樹葉聲；它們有它們愉悅的低語在我的心裡。

18

你是什麼，你看不見，你所看見的只是你的影子。

19

我的願望都是愚蠢的，他們呼喊得掩蓋了你的歌聲，我主。
讓我只靜聽著吧。

20

我不能挑選最好的。
是最好的挑選我。

21

那些把燈籠揹在後面的人，將他們的影子投在他們的前面。

22

我的存在是一個永恆的奇異，那就是生命。

23

「我們樹葉子有沙沙的聲音去回答風雨，可是你是誰啊，這樣的沉默？」

「我只是一朵花。」

24

休息之屬於勞動，正如眼瞼之屬於眼睛。

25

人是一個才出生的嬰孩，他的力量就是生長的力量。

26

上帝期待著得到回答是為了他送給我們的鮮花，並不是為了太陽或土地。

27

遊戲著的光正像一個赤裸的小孩，歡樂地在綠葉叢中，他是不曉得大人會說謊的。

28

啊，美啊，你要從愛之中去發見你自己，不要向你那鏡子的阿諛中去追求。

29

我的心衝激著她的波浪在世界的岸邊上，在那上面用淚水寫上她的簽名：「我愛你」。

30

「月亮你在等著什麼呢？」

「要向我必須為他讓路的太陽致敬。」

31

樹木像是沉默的大地的渴望之音來到我的窗前。

32

對於上帝，他自己所造的每一個清晨都是一種新的奇蹟。

33

生命因世界的需要而發見它的財富，因愛的需要而發見它的價值。

34

乾涸的河床覺得毋須感謝它的過去。

35

鳥兒希望它是一朵雲。
雲兒希望它是一隻鳥。

36

瀑布唱道：「我得到自由時我便唱出歌來了。」

37

我不能夠說出為什麼這顆心默然憔悴。
是為了那些他永不請求，永不認識，永不記著的小小需要而憔悴。

38

女人，當你走動著料理家事時你的手腳都在唱歌，像一條山溪在卵石中歌唱一般。

39

太陽橫跨西海走去，留著他向東方的最後問候。

40

不要因你無食慾而譴責你的食物。

41

樹木像是渴慕的大地翹盼著天堂。

42

你微笑著而不對我說什麼，我覺得這就是我已經久候的。

43

水裡的魚是靜寂的，陸上的獸是喧擾的，空中的鳥是唱著的。
但是人卻具有了海水的靜寂，陸地的喧擾，和天空的音樂。

44

世界衝越過纏綿的心絃彈奏著憂鬱的音樂。

45

他把他的武器當做他的上帝。
他本身是失敗了，當他武器勝利的時候。

46

從創造中上帝發見他自己。

47

陰影戴著面幕，祕密地，溫順地，躡著她靜寂的愛之步，隨從在光的後面。

48

星星不因僅似螢火而怯於出現。

49

我感謝你，我不是一個權力的車輪，但我卻是被這車輪所輾壓的活的生物之一。

50

這顆銳而不寬的心，觸到每一個地方，但並未移動。

51

你的偶像被粉碎在塵埃中，這證明上帝的塵埃比你的偶像偉大。

52

人沒有把他自己顯示到他的歷史中，他只在掙扎著通過他的歷史。

53

玻璃燈斥責瓦燈稱他做表兄，但當月亮上升，那玻璃燈卻溫和地微笑著招呼她：「我親愛的，親愛的姊姊。」

54

似海鷗與波浪的會合，我們相會，我們親近。似海鷗的飛去，波浪的盪開，我們分離。

55

做完了我白天的工作，我便像一隻拖放在岸灘上的小船似地，靜聽著晚潮跳舞的音樂。

56

生命授與我們，但我們須付出生命才能得到生命。

57

當我們十二分謙遜之時，便是我們最接近偉大之時。

58

麻雀因孔雀拖著重累的尾巴而替牠可憐。

59

永勿懼怕那瞬息——這就是永久唱出的歌聲。

60

颶風於無路處尋覓著最短的途徑，又突然在「烏有鄉」停止了他的尋覓。

61

朋友，請就在我的杯中飲了我的酒吧。
當牠傾入別的杯裡，牠的泡沫圈兒便消失了。

62

「完善」因「缺陷」的愛，把她自己裝飾得美麗。

63

上帝對人說：「我醫治你所以我要損傷你，我愛你所以我要處罰你。」

64

感謝火焰的光，但不要忘記那沉著而堅毅地站在黑影中的燈臺啊！

65

小小的青草，你的步子是小的，但你占有了你踏過的土地。

66

嬌嫩的花張開了她的花蕾喊著：「親愛的世界啊，請勿凋謝。」

67

上帝對強大的王國生厭，卻永不厭惡於小小的花朵。

68

邪惡經不起敗創，正義卻可以。

69

「我很高興奉獻了所有的水，」瀑布歌唱：「雖然少許水已足供人止渴。」

70

何處是那狂歡地不停噴發著拋送起這些花朵的源泉呀？

71

樵夫的斧頭向樹求取牠的斧柄。
樹給了牠。

72

在我寂寥的心中我感覺到幕著霧與雨的嫠婦之黃昏的嘆息。

73

貞操是一種財富，那是充沛的愛情之產物。

74

霧像愛情一般，在山的心上遊戲，呈現著美的種種奇妙。

75

我們對世界判斷錯了，所以說他是欺騙了我們。

76

詩人的風是吹出去越海穿林來尋求他自己的歌聲的。

77

每個嬰孩的出世都帶來了上帝對人類並未失望的消息。

78

青草尋求著牠陸地上的擁擠。
樹木尋求著牠天空中的幽靜。

79

人常阻塞著他自己的路。

80

我的朋友，你的聲音在我心裡低迴不失，像海的喃喃聲繚繞在靜聽著的松林間。

81

黑暗中的火花是天上的繁星，但是那爆發火花的看不見的火焰是什麼呢？

82

讓生時麗似夏花，死時美如秋葉。

83

那想要做善事的人去敲著大門，那仁愛的人看見大門正開著。

84

在死之中，多數合一，在生之中，一化成多數。
當上帝死去，宗教將合而為一。

85

藝術家是「自然」的愛人，所以他是自然的奴隸，又是自然的主人。

86

「果實啊，你離我多少遠？」

「花啊，我就藏在你的心裡呢。」

87

渴望著的是在黑暗中覺得而在白天看不見的那個。

88

露水對湖沼說：「你是蓮葉下面的大水滴，我是蓮葉上面的小水滴。」

89

鋒利的劍需要鞘的庇蔭，鞘就滿足於牠的魯鈍了。

90

在黑暗中「一」顯得混同，在光明裡「一」才顯出多樣來。

91

大地得青草的幫助而變成可居住之所。

92

葉的誕生與死都是旋風的急速之轉動，牠的廣大的圓圈在星座間慢慢地移著。

93

權力對世界說：「你屬於我。」
世界把他俘繫在她的寶座上。
仁愛對世界說：「我屬於你。」
世界給他出入她寓所的自由。

94

霧像是大地的慾望。
他遮蔽了大地哭喊著要的太陽。

95

別作聲，我的心，這許多大樹正在做禱告呢。

96

頃刻的喧鬧譏笑著永久的音樂。

97

我想到那漂浮在生與愛及死的溪流上的別的年代都被忘了，我覺到逝去的自由。

98

我靈魂的憂鬱是她的結婚面紗。

這面紗等著天晚才揭去。

99

死的印記給予生的貨幣以價值；使牠可以把生命去購買那真正的貨物。

100

雲謙卑地站在天之一隅。

黎明用光彩作王冠來給他戴上。

101

塵土被侮辱，卻報以鮮花。

102

只管向前走吧，不必逗留著去採集鮮花攜帶著，因為鮮花會一路盛開著在你的前途的。

103

根是生入地裡的枝。
枝是生在空中的根。

104

那遙遠的夏之音樂，環繞著「秋天」撲翅尋求牠的舊巢。

105

不要從你的衣袋裡把功績借給你的朋友，這是侮辱他的。

106

不可名時日的接觸，像環繞老樹的蘚苔般依附著我的心。

107

回聲譏笑她的原聲去證明她是原來的聲音。

108

當幸運兒誇張著上帝的特別恩典時，上帝是慚愧的。

109

我將我自己的影子拋在我的路上，因為我有一盞沒有點燃的明燈。

110

個人加入熱鬧的群眾，去淹沒他自己的靜默之喧聲。

111

疲乏的盡頭是死，但完善的盡頭是無盡。

112

太陽只有單純的光之外衣。
雲霞卻被華麗所裝飾。

113

山峰正如群兒的呼喊，高舉著手臂，想要攬捉星星。

114

行人雖擁擠，路是寂寞的，因為沒有人愛他。

115

權力自誇他的禍害，為落地的黃葉與過路的閒雲所笑。

116

今天，大地像是一個在太陽裡紡紗的婦人，她用那忘卻的語言對我低唱著一些古歌。

117

草葉值得生長在這偉大的世界上。

118

夢是一位妻子，她定要說話，
睡眠是一位丈夫，他默不作聲地忍受著。

119

黑夜吻著消逝的白日，在他的耳邊低語道：「我是死亡，是你的母親。我正給你新的誕生。」

120

黑夜啊，我感覺到你美麗，正像那被愛的少婦吹熄了她的燈時一樣。

121

我把衰敗的世界帶進我繁榮的世界裡。

122

親愛的朋友，當我傾聽濤聲時，我便感覺到你在這海灘上許多個深晚的偉大思想的平靜了。

123

飛鳥想這是善舉，如果把魚兒舉入高空。

124

夜對太陽說：「你在明月裡送給我你的情書，我把我含淚的答覆留在草上了。」

125

「偉大」生來是一個小兒；當他死時，他把他偉大的童年留給世界。

126

不是鐵鎚的敲打能奏效的，只有那水的跳舞的歌聲，能使石卵臻於完美。

127

蜜蜂吮吸花蜜，當他離開時便嗡嗡地鳴謝著。
華麗的蝴蝶深信花朵欠禮，應該謝他。

128

要侃侃而談是容易的，假使你不等說出完全的真理。

129

「可能」問「不可能」說：「何處是你的寓所？」
得到的回答是：「在無能者的夢裡。」

130

如果你對一切怪論深閉固拒，真理也要被關在門外了。

131

我聽見有什麼東西的颸颸聲在我憂鬱的心的後面響著，——但是我看不見什麼。

132

在活動著的閒暇便是工作。
靜止的海水激動成波濤。

133

葉兒在戀愛時變成花。
花兒在崇拜時變成果。

134

地下的樹根並不因為使樹枝滿生果實而需要酬報。

135

在這風吹不息的雨夜，我看著搖曳的樹枝，想到萬有的偉大。

136

午夜的暴風雨，像一個巨人的小孩，在不合時的黑暗中醒來，便開始玩耍而喧鬧了。

137

哦，海啊，你掀起你的波濤來也追不到你的情人啊，你這孤寂的風暴之新婦。

138

「文字」對「工作」說：「我羞愧著我的空虛。」

「工作」對「文字」說：「當我一見到你，我知道我是何等的貧乏了。」

139

時間是變更的財富，但時鐘的哼著諧詩，單只是變更，並無財富可言。

140

真理穿她的衣服，發覺它實在太緊窄。
在想像中，她卻轉動得舒適自如。

141

哦，路啊，當我僕僕風塵於這裡和那裡，我是討厭你的，可是現在你領導我走向各處去，我已因愛情而與你結合了。

142

讓我設想，在那群星中間，有一顆星正引導我的生命通過那黑暗的未知。

143

婦人啊，你優雅的手指接觸到了我的器物，便井然有秩像音樂般有節奏之美了。

144

一種憂傷的聲音營巢於多年的廢墟間。
在夜裡，那聲音向我唱著——「我愛過你。」

145

熊熊的烈火用牠延燒的火舌警告我走開。
請從埋在灰中的餘燼裡救我出來。

146

我有空中的星星，
但是，哦，卻想念我室內未點的小燈。

147

死去的文字之遺灰黏附著你。
將靜默來洗滌你的靈魂吧。

148

裂口留在生命裡，死亡的哀歌就從裂口送出來。

149

世界已在清晨打開了它光煥的心。
出來吧，我的心用你的愛迎接它。

150

我的思想與這些閃光的葉子一起閃耀著，我的心由於陽光的接觸而唱著；我的生命
因得與萬物一起飄浮進空間的蔚藍，飄浮進時間的黝黑而欣喜著。

151

上帝的大權力是寓於和風中，並不在暴風雨裡。

152

這是一場夢，一切事物都散漫著都緊壓著我。當我醒來，我將見到它們都已聚集在你那裡，那末，我便得自由了。

153

「誰來接替我的職務？」落日詢問。

「我將盡力做去，我主。」瓦燈說。

154

你摘取花瓣並未採集著花的美麗。

155

靜默將負載你的聲音，有如鳥巢支持著睡鳥。

156

「偉大」不怕與「渺小」同行。
只有中間才遠離別人。

157

黑夜暗中把花朵開放而讓白日接受謝意。

158

權力把它犧牲者的掙扎當做是忘恩。

159

當我們滿足地樂意時，我們就可以愉快地帶著我們的果實分開了。

160

雨點吻著大地，低語道：「母親啊，我們是你的有思家病的孩子，從天上回到你的懷抱了。」

161

蛛網要捕捉蒼蠅，卻假裝著捕捉露珠。

162

「愛」啊！當我來時因你手中正燃燒著的愁苦之燈我得看見你的面色，並且知道你就是「快樂」。

163

螢火對星星說：「學者說你的光將有熄滅的一天。」

星星沒有回答。

164

一隻黎明之鳥在這黃昏的薄暗中飛到我靜寂之巢來。

165

思想透澈我的心頭正如雁群掠過天空。

我聽見牠們的翼聲。

166

運河歡喜想著那河流是專為供給牠河水而存在的。

167

世界以痛苦吻我靈魂，卻要求報以詩歌。

168

那在壓迫著我的到底是我的靈魂想要出來到空曠之處去呢，還是那世界的靈魂敲著我的心門想要進去呢？

169

思想用它自己的文字培養它自己而滋長著。

170

我把我的心之缸浸入這靜默之時間中，牠已充滿著愛了。

171

不管你有沒有工作。
當你一說「讓我們做點事吧」，那時就開始在惡作劇了。

172

向日葵因承認那無名之花是她的親戚而羞愧。
太陽上升時卻對無名之花含笑地說：「我的愛人，你好不好？」

173

「是誰像命運一樣驅遣著我？」
「是『自我』跨在我的背上。」

174

雲兒把河之水杯注滿；自己卻隱藏在遠處的山中。

175

在取水的途中，我把我水瓶裡的水潑掉了。
很少水剩留下來以供家用。

176

在缸裡的水是透明的；在海中的水卻黝黑。
微小的真理有清晰的言辭；偉大的真理卻只是偉大的沉默。

177

你的微笑是你田野的花，你的談吐是你山松的蕭蕭聲，可是你的心卻是我們人人皆知的婦人。

178

是小東西，我把它留下給我親愛的人，——大的東西則留給大眾。

179

婦人啊，你把你的奧妙的淚水包圍住世界的心有如海之於陸地。

180

陽光以微笑歡迎我。
雨，他的顰蹙的妹妹對我的心談著衷曲。

181

我的白晝的花隨便地掉下牠被忘的花瓣。
在晚上牠長成為紀念的黃金果實。

182

我好像夜裡的路，在靜默中正傾聽著記憶的足音。

183

在我看來黃昏的天空像一個窗子，窗內點著一盞燈，裡邊正有一個人在等待著呢！

184

太忙於做好的人往往無時間去做好。

185

我是無雨的秋雲，但在黃熟的稻田裡，可以見到我的充實。

186

仇恨的殘殺的，大家讚美他們。
但上帝慚愧地趕快把這記憶隱藏到綠草底下去。

187

足趾是不回顧過去的手指。

188

黑暗趨向光明，但盲目趨向死亡。

189

被寵的小犬猜疑宇宙要設計取得牠的地位。

190

我的心啊，請安靜地坐著，不要把塵埃揚起來。讓世界找出他到你那裡的路來。

191

弓在箭離弦前對他低語道——「你的自由是我的。」

192

婦人啊，在你的笑聲裡含有生命之泉的音樂。

193

一個充滿邏輯的心恰像一把四面都是鋒刃的刀。
牠會使那用牠的手流出血來。

194

上帝喜歡人的燈光甚於他自己的巨星。

195

這世界是一個粗野的暴風雨的世界，那優美的音樂使牠馴服著。

196

「我的心好像你吻著的黃金寶箱。」暮雲對太陽說。

197

過分接近可能殺死；保持距離或許成功。

198

蟋蟀的唧唧聲和雨點的滴瀝聲透過黑暗來到我耳中，一如夢之沙沙聲來自我已逝的青春。

199

花對失去了所有星斗的晨空喊道：「我失去了我的露珠。」

200

燃燒的木頭一面噴射著火焰，一面喊道，——「這是我的花，這是我的死。」

201

胡蜂想鄰人蜜蜂的蜂窩太小了。
鄰人卻請他造一個更小的窩。

202

堤岸對河流說：「我不能保留你的波浪，
讓我保留你的足印在我心裡吧。」

203

白晝與這小小地球的喧囂掩蓋住全宇宙的靜默。

204

歌的感覺之無限在空中，畫的感覺之無限在地上，而詩的感覺之無限兼有空中與地上；

因為詩的文字之意義能行走，文字的音樂能飛翔。

205

太陽向「西方」落下時，他早晨的「東方」正靜悄悄地站在他的前面。

206

讓我不要把我自己歪斜地對著我的世界而使他反對我。

207

「讚美」來羞著我，因我暗地裡求取他。

208

在沒有事可做時讓我不做什麼只在寧靜的深處，像那風平浪靜時的海岸之黃昏。

209

少女啊，你的淳樸，像湖水的澄碧，顯示出你真實的深厚。

210

至善不會獨至。
它與一切俱來。

211

上帝的右手是慈和的，但他的左手是可怕的。

212

我的黃昏來到異域的林間，說著一種我的晨星所不懂的話。

213

夜的黑暗是一隻袋，黎明的金光從袋中爆裂開來。

214

我們的願望以虹霓的彩色借給僅只煙霧般的生命。

215

上帝等待著取還他自己的花，那花由人類的手捧著作為禮物獻上去。

216

我的憂思困擾我，要問我他們自己的名字。

217

果實的職務很尊貴，花朵的職務很甜美；可是讓我的職務成為葉子的職務，謙遜地奉獻它的濃蔭吧。

218

我的心已張帆在閒風中，將駛向「任何地方」的幻影之島。

219

眾人是殘酷的；但個人是和善的。

220

把我做成你的酒杯，讓我的滿杯供獻給你，供獻給你的人。

221

暴風雨就像什麼神只為大地拒絕他愛的苦痛而叫喊著。

222

世界沒有損漏，因為死並不是破裂。

223

生命因失去的愛而更豐富。

224

朋友啊，你的偉大的心借「東方」的朝陽照耀著，有如黎明時孤山的雪峰。

225

死的泉源使生的止水噴放。

226

我的上帝啊，那些什麼東西都有而沒有你的人，嘲笑那些只有你而沒有東西的人呢。

227

生命的活動休息在他自己的音樂中。

228

踩踢著只會揚起塵埃來，不會從泥土上有出收穫來的。

229

我們的名字都是黑夜的海波上生出來的閃光，死時不留一點痕跡。

230

讓睜眼看著玫瑰花的人只看見針刺。

231

把鳥翼裝金，鳥便再不能翱翔在天空。

232

和我們地方同樣的蓮花開在這異域的水中，有同樣的香氣，但換著別的名字了。

233

在心的透視中距離隱約的顯得闊大。

234

月亮把她的清光照耀整個天空，黑斑卻留給她自己。

235

不要說，「這還是早晨」，並借昨天的名義將它遣去。第二次看它，像看一個沒有名字的新生嬰孩。

236

輕煙對天空，灰燼對大地，都誇說他們是火的兄弟。

237

雨點向素馨花耳語：「永遠把我留在你的心裡吧。」素馨花嘆了一聲，「噯唷！」就掉向地面去。

238

羞怯的思想啊，請不要怕我。我是一個詩人。

239

我心裡模糊的靜默，似乎充滿著蟋蟀的唧唧聲——那灰色的微曦之音。

240

流星炮啊，你對星辰的侮慢將隨著你自己回到大地。

241

你引導我從我的白天熱鬧的旅程去到黃昏的孤寂。
我從沉寂之夜等候這事的意義。

242

生命如渡過一重大海，我們相遇在這同一的狹船裡。
死時我們同登彼岸，又向不同的世界各奔前程。

243

真理的溪流穿過錯誤之河渠而流出。

244

今天，我的心因越過那時之海的甜蜜的一點鐘而害思家病。

245

鳥的歌是從大地反響出來的晨光之回聲。

246

「是不是我不值得你來吻我呢？」晨光問杯形花。

247

小花問道：「太陽啊，我要怎樣對你歌唱與崇拜呢？」

太陽回答：「用你純潔的簡單沉默。」

248

如果人是畜生，人比畜生更壞。

249

當烏雲被光吻著時，便成天上的花朵。

250

別讓刀鋒譏笑刀柄的厚鈍。

251

夜的靜寂，像一盞深色的燈，是用銀河的光點著的。

252

環繞著生命的晴島，日日夜夜高漲著死亡的海之無窮的歌。

253

是否這座山嶺像一朵花？張開著群峰的花瓣正飲吸著日光呢。

254

把真實的意思讀錯和把他的著重點放錯便成不真實。

255

我的心，從世界的活動中去尋找你的美麗，像帆船的有風與水之優雅。

256

眼睛不拿眼力來傲人，卻以戴眼鏡來傲人。

257

我住在我的這個小世界裡，我恐懼著要將這小世界再行縮小。提拔我放進你的世界，讓我有樂於失去我一切的自由。

258

虛偽培養在權力中，永遠不能進為真實。

259

我的心，用歌的輕波，渴想撫愛這晴天的綠色世界。

260

路畔小草愛著明星，於是你的夢將在花叢中想為開花而實現了。

261

讓你的音樂像一把利劍，戳進喧鬧市聲的心中去。

262

讓樹顫動的葉子像嬰孩的手指般撫觸著我的心。

263

我靈魂的憂鬱是她的結婚面紗。

這面紗等著天晚才揭去。

264

這小花躺在塵土裡。

他尋覓那蝴蝶的路徑。

265

我在路的世界裡。

夜來了。請打開你的大門，你的家之世界。

266

我已唱完你白天的歌。

在晚上，讓我攜著你的明燈通過那風雨之途。

267

我不要求你走進這屋裡去。

請到我這無量的荒寂裡來吧，我的愛人。

268

死亡像出生一樣，都是屬於生命的。
走路須要提起腳來，但也須要放下腳去。

269

我已學會你在花叢中和日光下低語的單純意思——教我知道你在痛苦與死亡中的語句吧。

270

這夜之花已經過時，當清晨去吻她，她震顫而嘆息，落到地上了。

271

透過萬物的憂戚，我聽到「永恆母親」的低唱聲。

272

大地啊，我來到你的岸邊像一個生人，我住在你的屋中像一位賓客，我離開你的大門像一位知友。

273

當我去了，讓我的思想到你處來，像那落日的晚霞接連著星空的靜穆。

274

休息的黃昏，星照耀在我心中，於是讓夜色對我竊語談愛。

275

在黑暗中，我是一個小孩。

母親，為了你我伸出兩手透過那黑夜的覆蓋。

276

白晝的工作做完了，「母親」，把我的臉埋在你的懷中。
讓我做夢吧。

277

會面的燈已點得很久，在分手時，那燈立刻熄了。

278

世界啊！當我死了，請給我在你的靜默中保留一句話：「我已愛過了。」

279

當我們愛這世界時，我們才住在這世界裡。

——280

讓死的有不朽的名，但活的要有不朽的愛。

——281

我見到你，正如一個半醒的嬰孩在黎明的朦朧中看見他的母親，於是他微笑著又睡去了。

——282

我將死了再死的來認識那生命是無盡的。

——283

當我在路上和眾人一起走過去時，從陽臺上我看見你的微笑，於是我歌唱，於是一切的喧鬧都忘了。

284

愛是充實的生命，正如盛滿著酒的杯子一樣。

285

在他們的廟宇裡，他們點著自己的燈，他們唱著自己的歌。

可是鳥兒卻在你的晨光裡唱著你的名字——因為你的名字就是快樂。

286

引導我到你的靜默的中心吧，好讓歌聲來充滿我的心。

287

讓他們住在他們選定的爆竹喧鬧的世界。

我的上帝啊，我的心正渴望著你的星辰。

288

縈繞我的生命，愛的痛苦唱著，有如深不可測的大海，愛的歡樂唱著，有如花叢裡的小鳥。

289

把燈熄了吧，當你深切願望時。
我將知道你的黑暗，我將愛它。

290

當日子完了我站在你前面，你將看到我的疤痕，明白我曾經受傷，也曾經治癒了。

291

總有一天在那裡另一個世界的旭光裡，我將對你歌唱：「從前我曾見過你，在那地球的光中，在那人類的愛裡。」

292

他日的浮雲，飄進我的生命裡，不再滴雨或報風，只為給我落日的天空染色而來。

293

真理激起反對自己的風暴來便把自己的種子廣播開了。

294

昨夜的暴風雨給今晨帶上了黃金的平靜。

295

真理似乎帶來了終極的話，但終極的話又誕生了下一條真理。

296

名望不超過真實的人是有福的。

297

當我忘卻我的名字時，你名字的甜美充滿我心中，——像你霧散時的朝陽。

298

靜寂的夜有慈母的美，喧囂的晝有孩子的美。

299

當人微笑時世界愛他；當人大笑時世界便怕他了。

300

上帝期待著人從智慧裡重獲他的童年。

301

讓我覺得這世界是你的愛所形成，這樣我的愛可以助牠。

302

你的陽光含笑地對著我心之冬日，永不疑惑牠不會開春花。

303

上帝的愛只吻著那有限的，人卻吻著無限的。

304

用多年的時日，你渡過空荒年代的沙漠達到那成就的一刻。

305

上帝的沉默使人的思想成熟為言論。

306

永恆的旅客啊，在我的歌中你將找到你的足印之形式。

307

天父啊，你顯示你的光輝在你的小孩中，讓我不要玷辱你吧。

308

這是不快樂的日子，陽光在發怒的雲下像一個受到處罰小孩在他蒼白的臉上留著淚痕，風的號叫好像一個負創的世界之呼號。但是我知道我正旅行著去會見我的「朋友」。

309

今夜，在棕櫚樹的葉叢中發生騷動，海裡掀起了波濤，「滿月」，像世界的心之跳動。在你的靜默中，你從什麼未知的天空帶來那愛的痛苦祕密。

310

我夢著一顆星——一個光明之島——我就在那裡誕生。在那有生氣的閒逸深處，我的生命將使我的工作成熟，有如秋陽下的稻田一般。

311

在雨中濕地的氣味昇起來，有如來自那渺小的群眾的偉大的無聲讚美歌。

312

那「愛往往會失敗」是我們不能當真理來接受的一種事件。

313

我們終有一天曉得，死亡永不能劫掠我們——劫掠我們靈魂所獲得的東西，因為靈魂的所獲和靈魂只是一體啊。

314

在我的黃昏的朦朧中上帝到我這裡來，他帶了我過去的花，這些花在他的花籃中仍保持得很鮮艷。

315

我主啊，當我生命的絃線全部調和時，於是你的每一撫觸都會發出愛的音樂來。

316

上帝啊，讓我真實地活著吧，這樣死亡對我就變成真實了。

317

人的歷史是正在忍耐的等待著那被侮蔑者的凱旋。

318

我覺得此刻你的眼光射在我的心上，有如清晨晴和的靜寂照射收割了的空曠田野。

319

我渴想著這波濤起伏的那「叫囂之海」彼岸的「歌之島」。

320

夜的序幕開始於落日的樂曲，這是對不可名狀之黑暗的莊重讚美詩。

321

我已攀登那成名的峰巔，發見那裡是一無遮蔽的凜冽而不毛的絕頂。導師啊，請在光線消失以前，領我走進靜寂的山谷，那裡，生命的收穫正成熟為黃金的智慧。

322

在薄暮的朦朧中，一切東西看來都像幻影——尖塔的基身消失在黑暗中，而樹頂也像是墨水的汙斑。我將等待著清晨，我將醒來看見你的城市在光之中。

323

我曾經受苦，我曾經失望，而且我懂得什麼是死，於是我很樂意於我在這偉大的世界。

324

在我的生命中有些地方是空白的是閒靜的。這些地方都是空曠之區，我忙碌的日子便在那裡得到了陽光與空氣。

325

解救我吧，我的不滿足的過去從後面緊抱著我不容我死，請來解救我吧。

326

讓這做我的最後一句話吧，「我信賴你的愛。」

譯者附註：查悉泰翁《漂鳥集》中詩，大多係直接用英文撰寫，拙譯根據單行本，其中九十八首與二六三首相同，為重複，而在《泰戈爾詩歌戲劇合集》中，已將二六三首刪去，以二六四首改作二六三首，以下各首均依現遞前，成三二五首版本，本書仍照舊本特加說明。

新月集

泰戈爾 著

糜文開、糜榴麗 譯

序

蘇雪林

「瓶花妥帖爐煙定，覓我童心十六年。」龔定盦這兩句詩的意境，確是數千年中國詩史所罕有，我們這個民族是以敬老尚齒聞於世界的。我們是以「齒」、「爵」、「德」為三達德，以「年高德劭」、「黃項槁馘」為尊敬的對象；便是對於少年人，我們也希望他「老成」，對於兒童，則竟要鼓勵他「弱不好弄」。「童心」在人是嘲笑的批評，在文學上則從來搜不出這麼個辭彙。勉強說來，唯「稚氣」、「天真」有依稀近似處，但誰都知道前者是我們文學上不可容忍的缺點，後者與「童心」還有莫大距離。

據說動物的記憶力是極薄弱的，動物而愈下等，則記憶亦愈劣。蝴蝶雖是美麗生物，但牠也只算是下等生物。牠生長的過程又遠比人類來得繁複。人一出母胎，便一路生長上去，而蝴蝶則要經過毛蟲、蛹、成蟲三個階段。這三個階段使蝴蝶生命截然分而為三，不相連續。我敢同你打賭：即使蝴蝶中間有記憶力最強的，當牠飛舞花叢，栩然自得之際，決記不起牠自己過去做毛蟲和蛹時的生活。不但全部記不起，模糊恍惚的影子都不會有。

所以，蝴蝶儘管文彩輝煌得可愛，牠始終只是個可憐的昆蟲！

但是，我又敢同你打賭：你是萬物之靈的人類，你自嬰孩發展而為成人，自成人成熟而為中年老年。成人以下的三個階段，你也許記憶得相當清楚，那嬰孩的階段，模糊恍惚的影子也許有——這確是我們萬物之靈勝於昆蟲之處——可是你能把那些記憶，淋漓盡致一絲不走地表達出來，形容出來嗎？你能縮回你的生命，扭轉你的想像，倒流你無憂的歲月，恢復你天真爛漫的心情，以孩童的眼睛來觀察這繽紛多彩的世界，以孩童的耳朵來聽這萬籟共鳴的聲音，以孩童的口吻來說出你的驚奇、喜悅、恐懼、興奮、愛好嗎？我知道你一定會對我連連搖手，我辦不到，辦不到。尼閣德睦對耶穌說：人不能重入母腹而為嬰兒，你要我做的事，雖不至於像重入母腹之難，卻也差不多了。誰又能記得那毫無意義孩童時代的一切呢？即使記得，有什麼適當的辭彙、語法來寫述出來呢？

對呀，這件事果然不很容易，是以西洋童話家雖彬彬輩出，也只有安徒生、格林兄弟等幾個人稱為翹楚。在我們中國則點起亮亮的燈籠，打起明晃晃的火把找不出一個半個。為了這緣故，我們的兒童時代從來沒聽見過什麼國王、公主、仙女、巨人；我們的文學，也從來沒有什麼駕著駟馬金車馳騁天空的阿波羅，執著雙蛇棒帶領亡靈沿著銀河走入地府的赫梅士。因之我們也缺乏沉博絕麗，恢奇俊偉，像荷馬、魏琪爾所作的詩篇。我們民族的腦筋，自幼便被強揿在修齊治平的模子裡，鑄成了一副死板的型式。我們的文學是蒼白的、萎黃的、枯槁的、矯揉造作的、千篇一律程式化的，缺乏真純的趣味和青春的活力，也缺乏偉大的想像，和天馬行空、不受羈勒的創造天才。

因此，即以定盦先生而論，他也許能在瓶花弄影，爐煙裊裊的境界裡，重新覓得他那十六年前早經消逝的童心，但我們卻只能在他的詩詞中，體認他少年綺怨的幽咽，壯歲意氣的飛揚，暮年逃空的寂寞，表現童心的文字卻一個字也看不見。我想定盦先生或者要答覆我們道：這和隱士的山中白雲一樣，「只可自怡悅，不堪持贈君。」當然，這只是他解嘲的話，寫不出才是真實的形況。

印度這個國家民族的歷史也許比我們還古老得多，但他們雖也尊敬老人，卻並不希望少年老成，鼓勵兒童弱不好弄；反之，他們從古以來，便有無數禽獸擬人的童話，寫入典重的文字，竄入莊嚴的經典。他們又有兩部著名的史詩，一部是《羅摩耶那》，一部是《摩訶婆羅多》。印度人自兒童時代便讀起，一直讀到頭童齒豁尚有餘味。印度全民族不分貧富貴賤，不問男女老幼，沒有不知這兩部史詩的事跡和詩中英雄之作為的。這在兒童文學的寫作上，印度人所憑藉者比我們當然要豐富千百倍了。詩哲泰戈爾的《新月集》則更是印度這類文學裡提煉出來的精華，也可說是世界絕無僅有的一部傑作。他寫這部詩集對於印度的文學遺產，當然有所借重，但他若沒有那五個婉孌可愛的小天使和他那溫柔嫻淑的夫人，朝夕周旋，我想他還是寫不出這類好詩來的。你看《新月集》這部詩，泰戈爾真的走回了他自己的孩童時代，以純粹兒童的官感、心靈來認識這世界，歌唱這世界，讚頌這世界。現在請你且讀以下的詩句：

母親，我真正相信花兒是到地下上學去的。

他們把門關著讀書，若是他們要未到時間就出來玩耍，他們的教師就要叫他們立壁角的。

當雨季到來，他們就放假了。

森林的枝條相擊，在野風中葉子發沙沙聲，雷雲們拍著他們巨大的手，花朵孩童們就衝出來了，穿著粉紅、鵝黃與雪白服裝。（〈花校〉）

巷裡黑暗而寂寞，街燈站在那裡像一個巨人，他的頭上有一隻紅眼睛。（〈職業〉）

這完全是孩童的癡話，然而卻是充滿著大人們永遠自愧不如的想像力的癡話。

我個人所喜愛的是〈孩兒之歌〉、〈睡眠的偷竊者〉、〈誹謗〉、〈雲與浪〉、〈香伯花〉、〈商人〉、〈英雄〉那幾首，不過說句老實話，《新月集》的四十首詩內容雖各殊，卻有同等的價值。泰戈爾在這閃著琥珀色奇光的兒童王國裡設了一席盛宴，歡迎任何人的參加。惟一條件是要你把那件滿沾「世途經歷」之灰塵的長袍，脫卸在這王國的大門之外，帶著一顆赤裸的「童心」進去！

家

我獨自在田野的路上緩步前進，落日似守財奴般收藏他最後的黃金。那日光深深下沉，沉入黑暗之中，那孤寂的大地靜悄悄地躺著，地上的收穫已經刈割掉。

驀地裡一個小孩的尖銳聲音衝向天空。他橫亙這冥漠的黑暗，放出他歌聲的波痕來劃破這黃昏的靜默。

他的農舍之家在這光禿土地盡頭處的蔗田那一邊，隱藏在香蕉和纖長檳榔棕，椰子與墨綠色榴槤樹的重重濃蔭中。

在我寂寞的途中，我在星光下停留了一會，看見展開在我面前那黑越越的大地用兩臂環抱著無數的家，配備著搖籃和牀，母親的心與黃昏的燈，還有幼小的生靈們因歡樂而歡樂，可是並不知道這對於世界的價值啊！

海邊

在這無垠世界的海邊，孩子們相會。

這遼闊的天宇靜止在上空，這流動的水波喧噪著。在這無垠世界的海邊，孩子們相會，叫著，跳著。

他們用沙造他們的房屋，他們用空的貝殼玩著。用枯葉織成他們的船，一隻隻含笑地浮到大海裡去。在這世界的海灘上，孩子們自有他們的玩意兒。

他們不懂得怎樣游泳，他們不懂得怎樣撒網。採珠者潛水摸珠，商人在船上航行，可是孩子們把卵石聚集起來又撒開去。他們不搜尋寶藏，他們不懂得怎樣去撒網。

海水大笑著掀起波濤，蒼白閃耀著海灘的笑容。兇險的浪濤對孩子們唱著無意義的歌曲，就像一個母親正在搖著她嬰孩的搖籃。大海與孩子們一起玩著，蒼白閃耀著海灘的笑容。

在無垠世界的海邊孩子們相會。暴風雨遨遊在無徑的天空，船隻破裂在無軌可循的水中。死神已出來而孩子們在玩耍。在無垠世界的海邊是孩子們的偉大相會。

泉源

睡眠撲翅飛息在孩兒的眼睛上——是否有人知道這睡眠來自何處？是的，有一個傳聞說：睡眠居住在森林濃蔭中的神仙莊。那裡，螢火蟲放著朦朧的微光；那裡，懸垂著兩個迷人的羞澀花蕾。睡眠就從那裡飛來吻著孩兒的眼睛。

微笑閃動在孩兒的嘴唇上，當他睡眠的時候——是否有人知道這微笑誕生在何處？是的，有個傳聞說，一彎新月的初生之淡光碰觸著消散的秋雲之邊緣。那裡，微笑最初出生於一個露洗清晨的夢中——微笑閃動在孩兒的嘴唇上，當他睡眠的時候。

芬芳柔嫩的新鮮氣開放在孩兒的四肢上——是否有人知道這早先藏匿在何處？是的，當母親還是一個少女，它便充滿在她的心裡，在愛的關注與靜穆之神祕中——

這芬芳柔嫩的新鮮氣已在孩兒的四肢上開放。

孩兒之歌

假使孩兒要想這樣，他能即刻鼓翼飛向天堂。
這不是無故的，他沒有離開我們。
因為他連看不見母親也永遠不能忍受，孩兒愛把他的小頭放在母親的胸懷。

孩兒知道各種的智慧之辭，雖然世上很少人能了解那些意思。
這不是無故的，他常不言不語。
他唯一的願望是從母親的唇邊來學習母親的說話，這是他為什麼看來這樣渾噩。

孩兒有大堆的金銀和珍珠，他卻似乞丐的模樣蒞臨這世界。
這不是無故的，他要如此扮飾。
他要求母親的愛之珍藏，而這可愛的赤裸小乞是冒充著全然無助。

孩兒在纖細的新月之鄉沒有什麼約束。
這不是無故的，他放棄了自由。
他知道在母親的心之角裡有無窮的歡樂之所，撫抱在她親愛的兩臂之中，是遠比自由為甜蜜。

孩兒從來不知啼哭，他住在一個完全幸福的境邑。
這不是無故的，他選擇流淚。
雖然他可愛面龐上的微笑吸引著母親渴望的心向他，但在小小的困苦上哭幾聲卻織著愛和憐的雙結。

生命的小蕾

啊，我的小孩，是誰染色那件小衣服，把你的美麗的四肢遮上那小小的紅衣？
你早晨到院子裡來玩，你跑路時搖擺著，顛躓著。
但是，我的孩子，是誰染色那件小衣服？

我的生命的小蕾，什麼東西使你歡笑？
母親站在門階上對你微笑。
她拍著手，她的鐲子就玎玎璫璫，你手裡拿著竹竿像一個細小的牧夫跳著舞。
但是，我的生命的小蕾，什麼使你歡笑？

哦，小乞，你乞求什麼，用你的雙手纏在母親的頸項上？
哦，貪多的心，是不是要我把世界像一個果子一樣從天上摘下來放在你紅潤的小手掌中？
哦，小乞，你乞求什麼？

風歡快地帶走你的踝鈴的玎玲聲。
太陽笑著看你的梳洗。
你在母親懷中睡眠時天空守著你，而清晨小心翼翼地到你牀邊來吻你眼睛。
風歡快地帶走你的踝鈴的玎玲聲。

那夢之主的仙女穿過薄暮的天空向你飛來。
在母親的心中，世界母親留著她的地位在你旁邊。
他，對星星奏音樂的人，拿著他的笛站在你窗下。
那是夢之主的仙女穿過薄暮的天空向你飛來。

睡眠的偷竊者

誰從孩兒的眼睛偷竊了睡眠？我一定要知道。
母親把水瓶抱在她腰部到附近的村莊去汲水。
正午時候小孩們的玩耍時間已過；池子裡的鴨子群也靜默了。
牧童躺在榕樹的蔭影下瞌睡。
白鶴莊嚴而沉默地站立在檬果林畔的水澤中。
就在這時候，睡眠的偷竊者到來，乘機從孩兒的眼睛攫取了睡眠飛走。
當母親回來，她發現孩兒用四肢在屋裡遊歷。

誰從我們孩兒的眼睛偷竊了睡眠？我一定要知道，我一定找到她把她鎖起來。
我一定經過那些圓石和怒石，在流出一條小溪的地方去探看那暗洞。
我一定到鈸古拉叢的朦朧蔭影去覓尋，那裡，有鴿子在一隅和鳴，仙人的踝鈴在星夜的靜寂中玎璫。
在黃昏，我將窺視那竹林的低語之靜寂，那裡螢火蟲揮霍牠們的光，我將對我遇到的每一樣生物詢問：「那一個能告訴我睡眠的偷竊者住在那裡？」

誰從孩兒的眼睛偷竊了睡眠？我一定要知道。
只要我能捉住她，難道我不給她一個好教訓？
我將搜查她的巢穴，查看所有她藏放她偷來的睡眠的地方。
我要把牠全部搶著帶回來。
我要把她的兩隻翅膀牢牢地縛住，把她放在河濱。於是讓她用蘆葦做釣魚的玩兒，在燈心草與蓮花之間。
當傍晚市集時間已過，村童們坐在他們母親的膝上。於是夜鳥們將嘲弄她，向她聒耳朵：

「你現在要偷誰的睡眠？」

來源

「我從那裡來的，你在那裡拾到我？」孩子問他的母親。
她半笑半啼地回答，緊抱著孩子在她的懷抱裡，——
「我的寶貝，你是藏在我心裡的願望。
你在我童年玩弄的洋娃娃中；當每晨我做我神祇的塑像；我就做你又毀你。
你同我們的家神一起被尊為神，在他的崇拜中我就崇拜你。
在所有我的希望裡，我的愛裡，在我生命中，在我母親的生命中你居住著。
在那管理我們家的不死『精神』的懷抱裡你已被養育著很久。
在少女時代我的心開放花瓣時你就像芳香在上面翱翔。
你的柔和之甜蜜在我年輕的四肢上開花，像天上的曙光在旭日升起前！
天的第一個寶貝，同晨光孿生，你漂下世界生命的河流來，最後你纏在我心上了。
當我看著你的臉，叫我不可思議；屬於全體的你，現在變做我的了。

因怕失去你的緣故，緊抱你在我懷抱裡。什麼魔術把世界的寶物網羅在我纖弱的雙臂中？」

孩子的世界

我願我能獲得我孩子自己世界之中心的靜寂一角。

我知道那裡有星星對他講話，那裡有天空俯身下來到他臉上來用痴雲和虹霓娛樂他。

那些假裝是不會說話的，看是永不能動彈的，都爬到他的窗前來講故事，或帶來淺碟裡面裝滿了光亮的玩具。

我願我能旅行於經過孩子之心的路上，能解脫一切的束縛。

那裡使者無故出使奔跑於無來歷國王的國土間。

那裡「理性」用自己的定律做風箏來放，「真理」使「事實」從桎梏中得到自由。

領悟

當我帶給你彩色的玩具，我的孩子，我明白為什麼有這樣顏色的變幻在雲霞上，在水面上。為什麼花要染著色彩——當我把彩色的玩具給你，我的孩子。

當我唱著歌使你跳舞，我才真正知道為什麼樹葉裡有音樂，為什麼浪濤傳出合唱曲到靜聽之大地的心裡去——當我唱著歌使你跳舞的時候。

當我帶糖果給你貪得的手，我知道為什麼花之杯中有蜜，為什麼水果暗地裡飽含著甜漿——當我帶糖果給你貪得的手的時候。

當我吻著你臉使你微笑，我的寶貝，我確實明白什麼是晨光裡從天上瀉下來的喜悅，什麼是夏天的涼風帶給我身體的愉快——當我吻你使你微笑的時候。

誹謗

我的孩子，為什麼你眼睛裡流著淚？

他們是多麼討厭無緣無故地常常罵著你？

你寫字時用墨水染汙你的臉與手——為這事他們叫你骯髒？
呸！他們敢把那團圞的明月叫做骯髒嗎，因為牠把自己的臉塗上墨水？

一點點小事情他們就責難你，我的孩子。他們準備無故來挑剔。
遊玩時你把衣服撕破——為這事他們就說你不整潔？
呸！他們把一個從破爛的雲中微笑的秋晨叫做什麼呢？

我的孩子，別理他們對你說的話。
他們把你的過失寫得一大堆。
人人知道你是愛糖果的——就為這事他們叫你貪嘴嗎？
呸！那麼他們把我們愛你的人叫做什麼？

——裁判

說他怎麼樣，隨便你，但我知道我的孩子的弱點。

不是因為他好我才愛他，只因為他是我的小孩。
你只試著衡量他的功和過孰多，你怎會知道他是多麼令人可愛？
當我不得不處罰他時，他格外成為我自己的一部分了。
當我使他流淚時，我的心也和他一同哭泣。
我自有權利去責罵和處罰，因為他只可由愛他的人來懲誡他。

玩具

孩子，你是多麼快活，你坐在塵埃中，整個早晨在玩那折斷的小樹枝。
我笑你玩那小小的一細根折斷的樹枝。
我忙著我的計數，一點鐘，一點鐘的加著數目字。
或者，你瞥見我，你想，「這是多麼乏味的一種遊戲來敗壞了你的早晨！」
孩子，我已忘記了專心致志於棒頭與泥餅的藝術。
我找出昂貴的玩具來，集合著一大批的金和銀。

你找到隨便什麼，你創造你的樂意的遊戲，我既浪費我的時間，又浪費我的精力，去找我永無獲得的東西。

在我易碎的獨木舟中，我努力渡越那願望之海，而忘了我也是在玩著遊戲。

——天文家

我只說：「當黃昏時候那團圞的月兒纏結在那棵『喀唐』樹的枝椏間，沒有人能捉住牠嗎？」

可是大大（哥哥）笑我說：「囡囡，你是我所知道的頂蠢的小孩。這月兒總是離我們很遠的，怎麼能夠有人捉住牠？」

我說：「大大，你是多麼笨啊！當母親向她的窗子外面探望，對我們下面的遊戲微笑著，你將叫她很遠嗎？」

大大還是說：「你是一個小愚人！但是，囡囡，你那裡能夠找到一面大網可以用來捉月亮呢？」

我說：「當然，你能夠用手捉的。」

可是大大笑著說：「你是我所知道的頂蠢的小孩。如果天靠近來，你會看見月兒是怎樣大的。」

我說：「大大，他們在學校裡教你什麼胡說怪道！當母親俯身下來吻我們的時候，是不是她的臉看來很大？」

可是大大還是說：「你是一個小愚人。」

雲與浪

媽媽，那些住在雲中的人民對我喊著——

「我們遊玩，從我們醒來直到一日完了。

我們同金色的黎明玩，同銀色的月兒玩。」

我問：「不過我怎麼能到你們那邊來？」

他們回答：「到大地的邊緣那裡，舉起你的雙手向著天空，你就會被帶上雲中來。」

「我的母親在家裡等待我回去，」我說：「我怎能離她而到你們那邊來呢？」

於是他們笑笑飄去了。

但我知道比那更好的遊戲，媽媽。
我將是雲而你是月。
我將用兩手來遮蔽你，而我們的屋頂便變成青天。

那些住在波浪中的人民對我喊著——
「我們從早到晚歌唱著；前進，前進，我們旅行著，不知我們路經什麼地方。」
我問：「不過我怎麼樣來加入你們？」
他們告訴我：「到岸的邊緣來站著緊閉你的雙眼，你就會在波浪上被帶去。」
我說：「我母親永遠要我黃昏時在家——我怎能離她而去呢？」
於是他們笑笑，跳著舞過去了。
但我知道一個比那更好的遊戲。
我將是波浪，你是異鄉的岸。
我要向前滾著，滾著，直到帶著笑聲衝碎在你的膝上。
世界上沒有人能知道我們兩人在什麼地方。

香伯花

假使我變成一朵香伯花，只為好玩，我長在一根樹枝上，高高地在那棵樹上，笑著在風裡搖曳，跳舞在新放芽的葉子上，你會知道我嗎，媽媽？

你要喊：「寶寶，你在那裡？」於是我應該自己竊笑，忍住十分的靜默。

我應該偷偷地開放我的花瓣，看好你在做什麼。

當你沐浴完畢，濡濕的頭髮披在你肩上，你走過香伯樹的影子裡到小庭中去做禱告，你會聞到香伯花的香氣，但不知道是從我發出來的。

當午飯以後你坐在窗前閱讀《羅摩耶那》，樹影子倒在你的頭髮上和膝頭上，我便投我細小的影子在你書頁上，正在你讀著的地方。

但你會猜到這是你孩子的微影嗎？

當黃昏時候，你點著燈在你手裡到牛棚中去，我便驟然再跌落到地上來，仍舊做你的孩子，乞求你講一個故事給我聽！

「你頑皮孩子，你到那裡去的？」

「我不告訴你，媽媽。」這便是你和我要說的。

仙境

假使人們知道了我的國王的宮殿在那裡，宮殿就要消失到空中去。
宮殿的牆壁是白銀做成的，屋頂是發光的金子做成的。
王后住在有七座庭院的王宮裡，她戴一顆寶石，那寶石價值七個國土的財富。
但是讓我來用耳語告訴你，媽媽，我的國王的宮殿在那裡。
它是在我們屋頂花園的角裡一盆吐爾雪植物那兒。

公主睡著在遙遠的七個不能航行的海岸上。
在世界上沒有一個人能找到她，只有我能夠。
她的手上戴著手鐲；她的耳朵上戴著珠子的耳墜。她的頭髮伸展在地上。
她會醒來，當我用我的魔杖觸她。珍珠會從她的嘴唇上滾下來，當她笑的時候。
但是讓我向你耳語，媽媽，她是在那隻角裡，在我們屋頂花園裡的一盆吐爾雪植物
那兒。

當你要到河裡去洗澡的時候，跨上那屋頂上的花園。
我坐在那角裡，牆頭的影子相連的角裡。
只有貓咪許可和我一起，因為她知道那故事裡的理髮師住在什麼地方。
但是，媽媽，讓我在你耳邊低語，那故事裡的理髮師住在什麼地方。
那是在我們屋頂花園角裡的一盆吐爾雪植物那兒。

放逐之地

媽媽，天空中的光線已經變成灰色；我不知道是什麼時候了。
我的遊戲沒有什麼趣味，所以我到你身邊來。今天星期六，是我們的假日。
放開你的工作，媽媽，坐在這裡靠窗口，告訴我神仙故事中的炭潘泰沙漠在那裡？

雨的陰暗整日覆蓋著。
猛烈的電閃用牠們的爪距搔爬那天空。
當黑雲發出隆隆聲打著雷，我喜歡在我心裡害怕著靠住你。

當密雨整個鐘點的滴瀝在竹葉上，我們的窗子被風狂吹得搖動著發出嘎嘎聲來，我喜歡獨自坐在房中，母親，和你一起，聽你講神仙故事中的炭潘泰沙漠。

這在那裡，母親，在什麼海岸上，在什麼山的腳下，在什麼王的國裡？

那裡沒有籬笆來做田的界線，沒有蹊徑使村人在黃昏時可以回村，或者在森林裡採薪的婦女可以有路帶柴薪到市場上去。在沙地裡只有黃草的小叢，只有一棵樹在炭潘泰沙漠中，有一對聰明的老鳥在那棵樹上做了窠。

我能夠想像，就在這樣一個暗雲的日子，國王的小兒子獨自騎上一匹灰馬橫越這沙漠，跋涉那未知的水去尋覓被禁閉在巨人宮裡的公主。

當雨的陰霾在遠處的天空掛下電閃爆發像驟然痙攣的疼痛，他有沒有記起他不幸的母親，被國王所離棄，掃除著牛棚，揩拭著她的眼睛，當他騎過神仙故事的炭潘泰沙漠時？

看，媽媽，在日暮以前天已差不多黑了，已沒有旅行者在村路上。

牧童早已從牧場回家去，農夫離開他們的農田坐在他們小屋簷下的蓆上，眼看著頹顏的雲霞。
媽媽，我把我的書本都放在架子上了。——現在不要催我做功課。
當我長大起來長到像父親一樣大，我會把要學的一切都學會的。
可是就在今天，告訴我，媽媽，神仙故事中的岌潘泰沙漠在什麼地方？

雨天

陰沉的雲在森林的烏黑邊緣上飛快的聚集。
哦，孩子，不要外出。
那湖邊一排棕櫚樹把牠們的頭撞擊那陰鬱的天空；烏鴉拖曳著翅膀默默地棲在羅望子樹中，而河的東岸被濃重的昏暗所盤據。
我們繫在籬笆上的牛在高聲鳴叫著。
哦，孩子，等在這裡，讓我把牠牽進廄中去。
人們都擠入漲滿水的田地，去捉那些從氾濫的池跳出的魚；雨水似小溪一樣在窄巷中流過，像一個笑著的孩子因要惹惱他的母親而奔跑。

聽啊，有人在渡口呼喊著渡船。

哦，孩子，日光已昏黑，過河的渡船已停息。

天空中似乎駕著瘋狂地衝襲的雨陣在疾駛，河中的水喧囂而煩躁，婦人們早已從恆河裡帶著她們盛滿水的水瓶急忙回家。

黃昏的燈一定要預先做好。

哦，孩子，不要外出。

到市場的路已經無人行走，到河邊去的巷子已經濘滑不堪。狂風在竹枝間吼叫與掙扎，有如一隻野獸誘陷在網中。

紙船

一天又一天，我把我的紙船一隻又一隻的漂浮在奔馳的溪流中。

我用大楷的黑字把我的名字寫在船上，還有我住的村莊的名字。
我希望在有些陌生地方會有人發見牠們，知道我是誰。
我把我們花園裡的雪麗花載在小船裡，希望這些早晨的花朵會平安地在晚上帶上岸去。
我把我的紙船放下水，仰望一下天空，看見小雲正放出牠們白色的隆起之帆。
我不知道我的什麼遊伴在天上把牠們送下空中來和我的船競賽。
當夜到來，我埋我的臉在我兩臂間，夢見我的許多紙船漂浮前進，前進在午夜的星光下。
睡眠的仙人們乘在這些船裡，裝的貨物是他們的籃子滿載著夢。

水手

船夫「馬度」的船碇泊在「剌奇耿奇」碼頭。
這船只無用地裝著些麻，是這樣長久的閒泊在那邊。
只要他願把船借給我，我就供給牠一百個划手，升起帆來，五張，六張或七張帆。

我永不駕駛牠到愚笨的街市去。
我要航行仙境的七海十三河。

不過，媽媽，不要坐在一隻角裡為我而哭泣。
我不是像羅摩旃達羅一樣到森林裡去要等十四年才回來。
我要變成故事裡的王子，把我船裝著喜歡的東西。
我要帶我朋友「阿蘇」同去。我們要歡快地航行仙境的七海十三河。

我們要在晨光中起程。
在中午當你在池中沐浴時，我們已到一個陌生國王的領土了。
我們要路經「鐵爾坡尼」津，把炭潘泰沙漠遠離在後面。
我們回來時天要黑了，我就告訴你我所見的一切。
我要橫行仙境的七海十三河。

遙遠的彼岸

我渴望到那地方去，到遙遠的彼岸去，

那地方，那些小船繫在竹篙上排成一條線兒；

那地方，在早晨有許多男人跨過他們的小船，肩上負著犁頭，到他們遠處的田中去；

那地方，牧牛人叫他們嗚嘷的牛群游水過河到河邊的牧場去；

那地方，在傍晚時他們都回家去，剩下那些豺狼的哀號聲在那荒島的草叢裡。

媽媽，假使你不放在心上，我一定喜歡做那渡頭的船夫，當我長大以後。

他們說，在那條高高的河岸後面隱蔽著不少奇怪的水潭，

那地方，成群的野鴨飛來，當雨後的晴天，水潭四周的邊緣長著深叢的蘆葦，水鳥們就在這裡生蛋；

那地方，群鷸搖擺著牠們的舞尾，印牠們的小足跡在潔淨的軟泥上；

那地方，在黃昏時候，那些頭戴白花的一片長草邀請月光漂蕩在牠們的波浪上。

媽媽，假使你不放在心上，我一定喜歡做那渡船上的船夫，當我長大以後。

我將搖過去又搖過來，從這邊的河岸到那邊的河岸，那時村上所有的男孩與女孩都

要對我驚奇，當他們在河邊沐浴時。

當太陽爬到半空，清晨漸消磨為正午，我將奔跑到你面前來，說：「媽媽，我餓了！」

當白晝完了，影子蜷伏在樹底下，我將在薄暗中回來。

我將永不像父親一樣離開你到城裡去工作。

媽媽，假使你不放在心上，我一定喜歡做渡船上的船夫，當我長大以後。

花校

當烏雲在天空發出隆隆聲，六月的陣雨就開始了。

潮濕的東風，行經荒原來吹牠的風笛在竹林中。

那時群花就突然從無人知道的地方出來，狂歡地在草地上舞蹈。

母親，我真正相信花兒是到地下上學去的。

他們把門關著讀書，若是他們要未到時間就出來玩耍，他們的教師就要叫他們立壁角的。

當雨季到來，他們就放假了。

森林的枝條相擊，在野風中葉子發沙沙聲，雷雲們拍著他們巨大的手，花朵孩童們就衝出來了，穿著粉紅、鵝黃與雪白服裝。

你知道嗎，母親，他們的家在天上，就是有星星的地方。

你有沒有看見他們是怎樣急切的要到那裡去？你是不是知道他們為什麼這樣的匆急？

當然，我能猜得出他們對誰高舉著他們的兩臂。他們有他們的母親，像我有我的一樣。

商人

媽媽，設想你住在家裡，我旅行遠赴異鄉。

設想我的小船已經停在碼頭滿裝著貨物。

現在，好好兒想，媽媽，你說什麼我便帶給你，當我回來的時候。

媽媽，你要不要一堆一堆的黃金？

那裡，在金河的岸邊，田地中滿是黃金的收穫。
還有森林蔭翳的路上金黃的香伯花落到地上來。
我將把牠們聚集起來一起給你，裝滿千百隻的筐子。
媽媽，你要不要像秋天雨點一樣大的珍珠？
我將經過珍珠島的海岸。
那裡在日出的晨光中珍珠在草地的花卉上顫動，珍珠落在草上，珍珠給撒野的海浪噴散在沙上。
我的哥哥會有一對生翼的馬兒可以飛在雲端裡。
給父親呢，我會帶來一枝魔筆，用不到他的知曉，筆自己會寫字。
給你呢，媽媽，我一定有小箱子與那珠寶，價值七個國王他們的國土。

——同情

假使我只是一隻小狗，不是你的孩兒，親愛的媽，你要不要對我說「不」，當我要從你的碟中來吃東西？

你是不是要把我趕走，對我說著，「滾開，你頑皮的小狗！」
那麼，去吧，媽，去吧！我將永不理睬你，不管你怎麼樣叫我，而且我將永不讓你來餵我一些。

假使我只是一隻小小的綠色鸚鵡，不是你的孩兒，親愛的媽，你要不要怕我飛去而把我用鏈鎖牢？
你是不是要對我擺著手指說：「一隻多麼可鄙的忘恩鳥！牠日夜在咬牠的鎖鏈？」
那麼，去吧，媽，去吧！我要逃到森林中去了；我將永不再讓你抱我在懷中。

職業

早晨鐘響十下時，我沿著我們那條巷走向學校。
每天我逢到那小販喊著：「手鐲，水晶手鐲！」
沒有什麼使他匆促，沒有他一定要走的路，沒有地方他必須要去，沒有他必須回家的時間。

我願我是一個小販，整天消磨在路上，喊著：「手鐲，水晶手鐲！」

下午四時我從學校回家。
我能從那間屋子的大門看見花匠在掘地。
他用他的鏟做他喜歡的工作，他把自己的衣服塗滿了塵埃，沒有人來責備他，如果他在太陽裡燻曬或被雨水打濕。
我願我是一個花匠，在園中掘土，沒有人來阻止我。

就在傍晚天黑，母親叫我去睡覺時，我可以從開著的窗中看見那更夫來去地踱著。
巷裡黑暗而寂寞，街燈站在那裡像一個巨人，他的頭上有一隻紅眼睛。
更夫晃著他的燈籠，他的影子跟在他旁邊一起走著，他生平從沒有一次到牀上去過。
我願我是一個更夫整夜在街上踱著，帶著我的燈籠追趕那影子。

年長者

媽媽，你的孩兒是這樣的笨！她是怎樣可笑的孩子氣啊！

她不知道路上的燈光與星的光有什麼不同。

當我們玩耍吃卵石，她想牠們是真的食物要想把牠們放在她的嘴裡。

當我揭開一本書在她面前叫她學她的a、b、c，她用她的手將書頁撕碎，發出快樂的聲音，不當什麼一回事。

這是你的孩兒的方法做她的功課。

當我發怒對她搖搖頭，罵她頑皮，她就大笑，以為很有趣。

大家知道父親出去了，但是如果在玩耍時我喊著「爸爸」，她就看來看去很興奮，以為父親就在附近。

當我在那洗衣服人帶來的驢子班上上課，我警告她，我是校長。她無緣無故地尖聲怪叫，還是叫我哥哥。

你的孩兒要想捉住月兒，她是多麼滑稽，她把象頭神叫做強頭神。

媽媽，你的孩子是這樣的笨，她是怎麼樣可笑的孩子氣啊！

小大人

我是小的，因為我是一個小孩子，我會變成高大，當我像父親一樣年紀。
我的先生走來對我說：「現在不早了，拿你的石板和書來。」
我就要告訴他：「你不知道我已經和父親一樣大了嗎？我一定不必再讀什麼書了。」
我的先生就要驚奇地說：「他可以不讀書，如果他歡喜，因為他已經長大了。」

我要盛裝了我自己到市場去，那裡的人群密集著。
我的伯父就要衝上來說：「你要迷失的，我的孩子，讓我來抱你。」
我就要回答：「你有沒有看見，伯父，我已經和父親一樣大了？我一定要獨自到市場去。」
伯父就要說：「是的，他喜歡到那裡去，他就可以到那裡去，因為他已經長大了。」
母親將從她的沐場回來，知道我要把錢給我的保姆，因為我問著怎樣把我的鑰匙開箱子。

母親就要說：「你在做什麼事，頑皮孩子？」
我就要告訴她：「媽媽，你不知道我已經和父親一樣大了嗎？我一定要拿銀子給我的保姆。」
母親就要對自己說：「他可以喜歡把錢給誰便給誰，因為他已經長大了。」

在十月的假期裡，父親要回家來，他想我仍舊是個嬰孩，就要從城裡帶給我小鞋子和小絲衣。
我就要說：「爸爸，把這些給我的哥哥，因為我已經和你一樣大了。」
父親就要想著說：「他可以買自己的衣服，如果他歡喜，因為他是長大了。」

——十二點鐘

媽媽，我現在不要再做功課了，我已經讀了一早晨的書了。
你說現在還不過只十二點鐘。
假使這鐘沒有一點兒慢，那麼，實在只是十二點鐘，但你為什麼不能當做是午後呢？

我能很容易地想像，現在那太陽已經落在那稻田的邊緣了，還有那個賣魚的老婦人在池塘邊採集草頭做晚飯。

我能閉上我的眼睛就想起那黑影在「瑪大」樹下慢慢地濃起來，還有那池塘裡的水看起來有著黑色的光澤。

如果十二點鐘能在晚上來，為什麼晚上不能在十二點鐘來呢？

寫作

你說父親寫許多書，但是他寫的什麼我都不懂。

他一黃昏都在讀給你聽，但是你真的能辨出他說的是什麼意思嗎？

媽媽，你能告訴我們，多麼有趣的故事，我奇怪為什麼父親不能那樣寫？

是不是他從來沒有在自己的母親那裡聽到巨人、仙人和公主的故事？

是不是他都忘記了？

常常當他遲來洗澡時，你就要去叫他一百遍。

你等他，把他吃的東西弄熱，但是他只管寫下去，忘記了。父親一向在玩著著書。

無論何時我到父親的房間裡去玩，你就要來對我說：「多麼頑皮的孩子！」

如果我發出小小的聲音，你就說：「你沒有看見父親在做事嗎？」

常常寫字有什麼趣味？

當我拿起父親的鋼筆或鉛筆來，就像他一樣的在他的書上寫a、b、c、d、e、f、g、h、i，為什麼你就要對我光火，媽媽？

你一句話都不說，當父親在寫稿子。

當父親浪費這樣一大堆紙，媽媽，你似乎一點都不在乎。

可是，我不過拿一張紙做隻船，你就說：「孩子，你多麼討厭啊！」

不知你怎樣想法，對於父親的損壞一張又一張的紙，把兩面都寫著黑色的記號？

可惡的郵差

為什麼你很靜寂，很沉默地坐在那裡地板上？告訴我，親愛的媽媽。
雨從開著的窗子外面進來，把你滿身落濕了，但是你不放在心上。
你沒有聽到那時鐘敲四點嗎？這是我哥哥要從學校回來的時候了。
你遇到什麼事了？為什麼你看起來很冷淡？
今天你收到一封父親寄來的信嗎？
我看見那郵差在鎮上送他郵袋裡的信，幾幾乎每一個人家都有了。
只有父親的信他放起來自己讀，我斷定那郵差是個壞人。
但是不要因為這事便不快樂，親愛的媽媽。
明天鄰村是趕集的日子，你叫你的女僕去買點紙筆來。
我自己來寫許多父親的信；你會找不出一點兒錯處。
我要從A一直寫到K。
但是媽媽，你為什麼要笑？
難道你不相信我能寫得像父親一樣好嗎？

但是我要小小心心地把我的紙劃線，就把許多字母都寫得美麗地巨大。
當我寫完了，你是不是以為我要像父親那樣笨得把牠們放在那個可惡郵差的郵袋裡去嗎？
我要自己把信送給你，不必等待，我就一字字的幫你讀我的信。
我知道那個郵差不願意送給你真正的好信。

英雄

媽媽，讓我們想像我們在旅行中，途經一個奇異而危險的國家。
你坐在一頂轎子裡，我騎著一匹紅馬跟著你。
傍晚的時候，太陽正西沉，「喬拉提奇」荒地的一片灰白色展開在我們前面。那地區荒瘠而無人煙。
你驚怖地想著——「我不知道我們到了什麼地方了？」
我對你說：「媽媽，不要害怕。」

那草原都是針刺的鐵釘草，通過這裡只有一條湮沒了的狹徑。
那地方，田野間不見牲口；那牛群已到村上的牛棚裡去了。
天暗下來了，地上也墨黑，我們不能說出我們在向那裡走。
你忽然喊我，低低地問我：「這是什麼光，在靠近那岸邊？」

就在這當兒，一個可怖的喊聲迸發出來，一群人馬奔跑著向我們衝來。
你蹲伏在轎子裡，口中喃喃地禱告，背誦諸神的名字。
轎夫們驚駭到顫慄著，都躲到荊棘中藏匿起來。
我對你喊道：「不要怕，媽媽，有我在這裡。」

他們手裡都拿著長棒，頭上的頭髮是散亂的。他們近來了，近來了。
我高喊：「當心！你們惡棍！再走上一步，要你們的命！」
他們又一陣可怕的吶喊，便向前衝鋒。
你緊握著我的手說：「親愛的孩子，千萬不要冒失，你遠開他們。」
我說：「媽媽，你看我就得了。」

於是，我策動我的馬疾馳，我的劍與盾鏗鏗作聲，和他們互擊。
戰鬥進行得十分可怖，媽媽，你在轎子裡看見了，會使你一陣寒顫。
許多人逃竄了，一大批人斬成一塊塊的。
我知道你呆坐在那裡，你在想，你的孩子這時一定被殺了。
可是我卻到你身邊來了，滿身染著鮮血，我說：「媽媽，現在打完了。」
你走出轎子來吻我，把我緊抱在心口，你自言自語的說：「我不知道我該怎麼辦？如果沒有我的孩子護送我。」

千千萬萬無謂的事情一天天發生著，為什麼不能有機會真的來一樁這樣的事情呢？
這會好像書裡的一個故事的。
我的哥哥會說：「這是可能的嗎？我一向想他是這樣的柔弱！」
我們莊上的人就都要驚愕地說：「這不是很幸運的嗎，有這男孩伴著他的母親？」

終結

現在是我去的時候了，媽媽，我去了。

在寂寞的黎明之魚肚白的黑暗中當你在牀上伸出你的兩臂來抱你的孩兒，我將說：「孩兒不在那裡」——媽媽，我去了。

我將變成清風來撫愛你；當你沐浴時我將成水中的微波，吻著你，又吻著你。

在狂風的夜裡，當雨點落在葉上起聲時，你在你牀上將聽到我的低語，而我的笑聲將跟著閃電在開著的窗中同進你房中。

如果你想念你的孩兒而且到夜深不寐，我將從星斗中對你唱：「睡吧，媽媽，睡吧。」

你睡著時，我將在流蕩的月光中偷偷地來到你的牀上當你睡著了，躺在你懷抱裡。

我將變成一個夢，溜進你眼瞼微合的隙縫中，深入你睡眠之境；當你醒來驚恐地探視你周圍，我就飛出來像閃光的螢火掠入黑暗中。

當那盛大的「普佳」節到來，鄰人的孩子們都來屋子四周玩耍，我要溶化在笛的樂聲中，整天在你心中震盪著。

親愛的姨母將帶著「普佳」的禮物來問：「姊姊，我們的孩兒呢？」媽媽，那麼你輕輕地對她說：「他在我的瞳人中，他在我的身體中，我的靈魂中。」

招魂

她離開的時候，夜是黑漆漆的，他們都睡熟了。

現在夜是黑的，我叫喚著她：「歸來啊，我的寶貝；世界睡著了，星星默默地望著星星，如果你回來一刻，沒有人會知道的。」

她離開的時候，樹林剛放芽，春天還年輕。

現在花朵已盛放，我呼喚著：「歸來啊，我的寶貝。孩子們隨意玩耍，把花朵採集了又開去。如果你來拿一朵小花，沒有人會覺察的。」

那些玩耍的人，仍在玩耍，生命是這樣的被浪費。

我聽著他們的喋喋談話聲而叫喚：「歸來啊，我的寶貝，母親的心充滿著愛，如果你來向她偷一個小小的吻沒有人會妒忌的。」

——第一次的茉莉花

啊，這些茉莉花，這些白色的茉莉花！
我似乎還記得當我把我兩手捧著這些茉莉花的第一天，這些白色的茉莉花。
我愛過那陽光，那蒼天和綠色的大地；
我聽見過在子夜的黑暗中飄著的河水之流瀉的淙淙；
秋天的落日，在寂寞的荒野的路彎向我迎來，像一個新娘舉起她的面幕來接受她的愛人。
但是我的記憶仍為我兒時第一次手執的幾朵白茉莉花而芬芳。

在我的生命中帶來了好多歡快的日子，在節日的夜裡，我曾同尋樂的人們笑語。
在雨的灰色之晨，我低唱過好多一隻一隻的閒歌。

我在我頸上戴了愛之手所織的白古菈的黃昏花環。
但是我的心是甜蜜的，當我記憶起那些在我兒時，第一次捧在我手裡的幾朵新鮮的茉莉花。

榕樹

啊，枝枒參差的榕樹，站在池塘岸上，你有沒有忘記那小孩子，像那些鳥兒一樣在你枝葉間巢居而又飛去了的小孩？
你記得嗎？他坐在窗口，驚奇地望著你那些向地下投陷的根之糾纏。
女人們帶著水瓶到池裡來汲水，而你巨大的黑陰就開始在水面蠕動，像睡眠掙扎著要醒來。
日光在水波上舞蹈，像不息地梭織著金色的繡帷。
兩隻鴨子游過垂影下來的草叢的邊緣，那孩子就靜坐著沉思。
他渴想著要變成風來吹過你的沙沙發聲的枝枒，變成你的陰影，跟著日光在水上伸延，變成一隻鳥棲息在你最高的枝上，或像那些鴨子在雜草與陰影中漂浮。

祝福

祝福於這顆小心，這潔白的靈魂，他給我們的大地贏得了天空的吻。
他愛太陽的光明，他愛看母親的臉。
他沒有學得去輕蔑塵埃，去渴望黃金。
緊抱他在你心裡，祝福他。
他來到這有成百十字路的地方。
我不知道他為什麼從群眾中挑選你，到你門前來，緊握住你的手問他的路。
他會跟隨著你，有說有笑，心中不存絲毫懷疑。
保守他的信心，領他走正路，並祝福他。
把你的手放在他頭頂，祈禱：雖然底下的浪濤在增加狂暴，但上面的風也會來把他的帆張滿，吹他到平安之港。
別在你匆忙中忘卻他，讓他到你心裡來，祝福他吧。

禮物

我的孩子，我要給你樣東西，因為我們在世界的河流上漂泊。
我們的生命能被分散，而我們的愛被忘卻。
但我並不笨拙到希望能用禮物來買你的心。
你還年幼，你的路是長的，你一口喝乾了我們給你的愛，轉身跑開了。
你有你的玩耍，你有你的遊伴，如果你沒有時間或心思來伴我們，那對我們有什麼傷害。
是的，我們年老了，有空閒來數過去的光陰，在我們的心裡撫愛那我們的手已經永遠失去的東西。
河流歌唱著向前疾進，衝破一切的障礙。但那山岳卻留在那裡，憶念著她，用他的愛跟隨她的前程。

我的歌

我的孩子，這首我的歌將揚起樂聲像愛之歡欣的手臂來盤繞你。

這首我的歌將如一個祝福的吻撫觸你的額頭。

當你獨自時我的歌會坐在你旁邊在你耳中低語。當你在眾人之間，我的歌會用超然來守衛你。

我的歌將如你夢的雙翼，運送你的心到未知的邊緣去。

我的歌將如忠心的星照在你頭上，當黑夜隱沒了你的道路。

我的歌將坐在你眼睛的瞳人裡帶你的視線看進東西的心裡去。

還有，當我的聲音在死亡中靜止，我的歌會在你活著的心中言語。

小天使

他們喧鬧，他們格鬥，他們猜疑與失望，他們爭吵著不知終結。

我的孩子，讓你的生命到他們當中去，像光明的火焰，安定而純潔，你使他們快樂得靜默下來。

他們殘暴地貪婪著，嫉妒著，他們的言辭有如隱藏的刀，正渴於飲血。去，我的孩子，去站在他們不歡之心的中間，讓你溫和的眼睛落在他們身上，有如黃昏的慈愛之和平蓋沒那日間的爭擾。

讓他們看你的臉，我的孩子，因而知道一切事物的意義；讓他們愛你，因而彼此相愛。

來，我的孩子，坐在無限的懷抱裡，在日出時開啟而振作你的心，有如一朵開放的花，在日落時，垂下你的頭，在靜默中完成這一天的禮拜。

最後的交易

「來啊，來僱用我。」我叫喊著，早晨我在石子鋪的路上行走。

劍在手，國王在他的戰車中到來。

他拉著我的手說：「我用我的權力來僱用你。」

但是他的權力全無價值，他乘著他的戰車走了。

日中的暑熱裡，那些屋子都關著門。
我在一條曲巷裏漫行。
一個老者提著一袋黃金出來。
他考慮了一下說：「我用金錢來僱用你。」
他一個一個地計算他的錢幣，我回轉身來走了。

那是黃昏，花園的籬笆盛開著花。
一個美女出來說：「我用笑來僱用你。」
她的笑容淡下來融成眼淚，她獨自回到黑暗中去了。

太陽在沙灘上閃光，海波任性地破碎成浪花。
一個孩子坐著玩弄貝殼。
他仰起頭來，似乎認得我地說：
「我用無物僱用你。」
從那時起，那交易就在孩子的遊戲中成功，使我成為自由人。

附註：本書內〈仙境〉、〈年長者〉、〈小大人〉、〈十二點鐘〉、〈寫作〉、〈可惡的郵差〉等六篇為糜鳳麗女士所譯。

採果集

泰戈爾 著

糜文開、糜榴麗 譯

序

梁實秋

人生有三種境界，自然的，人性的，宗教的。這宗教的境界是很高超的，神祕而美妙，只可意會，不可言說，說即不中。禪宗宗門中人語，稱「凡」為「這邊」，「聖」為「那邊」，就是因為那個境界（見性），絕對不可思議不可形容，無可奈何，只好用「這邊」、「那邊」來指示了。

詩人，大概都是有甚深的智慧，在觀照中，往往能見道。換言之，詩人時常能進入宗教的境界。詩人與一般的高僧大德不同，他於實際體驗那玄祕的妙境之餘，還要舞文弄墨把那一段經驗寫錄下來。這也許是多此一舉，但許多首宗教性的詩就是這樣產生的。我們直接不易進入宗教境界的凡夫，讀詩亦往往可以入聖。不立文字的禪宗，教人「將嘴掛在壁上」，也還有那許多「公案」教人去參。

泰戈爾，天竺詩人，原有印度民族所特有的那一份神祕的素養，但他還具備一般詩人所具備的那種汎神論的眼光。一草一木，一花一葉，在他看來，莫不有象徵的意味。其詩清新俊逸，而立意深邈。糜文開先生和他的女公子榴麗小姐譯其《漂鳥》、《新月》之後，又有《採果集》繼而問世，囑我一語為介。這是「大事」，不需多說。

四十六年三月十二日，臺北

1

命令我，我就採集我的果子，把牠們整籃整籃的裝著帶到你的院子裡來，雖則有些已經失落，有些尚未成熟。

這季節，因長得豐滿而沉重，在蔭翳中，牧童吹奏他哀怨的笛。

命令我，我就要江上航行。三月的風在憤怒，激動軟弱的波浪發出喃喃的怨言。

這園子已獻出了牠的一切，在黃昏的疲勞時間，在落照中，從你岸邊的屋裡傳來那召喚的聲音。

2

我的生命，年輕時像一朵花——一朵春風到她門前來乞求時，從她的充實中掉下一兩片花瓣而永不覺得損失的花。

現在，在青春的末期，我的生命像一隻果實，沒有什麼可施捨，只等著把她自己來完全獻出，帶著她甜蜜的重負。

3

夏天的節日是不是只為了鮮花而不是也為了枯萎的葉子與凋謝的花朵？

海之歌是不是只與高漲的波濤合調？不是牠亦與降落的浪頭同歌？

我的國王站立的地毯鑲織著珠寶，但是那些忍耐著的土塊卻等待著他腳趾的撫觸。

在我主的周圍，坐著沒有幾位智者與偉人，但他卻把愚人抱在他懷中，把我永久的做了他的僕從。

4

晨我醒來發現了他的信。

不知道牠說什麼？因為我不能閱讀。

我將不管那聰敏人由他獨自和他的書本在一起，我將不去麻煩他，因為那個知道他能不能讀這信。

讓我把牠放在額頭，把牠緊抱在我心口。
當夜深靜寂，星星一顆跟一顆出現的時候，我要把牠放在我膝頭而靜息。
那沙沙響的樹葉將把牠高誦，那奔走的溪流，將把牠吟詠，而那七顆智星將從天空把牠向我歌唱。
我找不到所搜尋的物件，我不懂我曾想學習的；但是這未閱的信卻使我的負擔減輕，把我的思想變成歌曲。

5

一握塵埃可以隱蔽你的信號，當我不知牠的意義時。
現在我略為聰敏一點，我在這塵埃裡理會牠從前隱蔽的一切。
牠是畫在花瓣上；水波在牠們的浪花中閃出；而群山把牠高舉在牠們峰頂。
從前我臉轉向你，所以我把那些字歪讀而不懂牠們的意義。

6

那裡有人造的路我就迷途了。
在那遼闊的海上，在青色的天空中，那裡沒有路線的痕跡。
這路被鳥翼，被星火，被旅行季節的花朵所隱匿。
我詢問我的心，牠血液裡是否帶著那看不見的路之智慧。

7

啊！我不能停留在屋子裡，家對我已不是家，因為那永久的生客在召喚我，他在路上走著。
他的腳步聲敲著我的胸膛；使我痛苦。
起風了，大海在悲鳴。
我把一切的懸念與疑慮拋在身後，來跟隨那無家的潮流，因為那永久的生客在召喚我，他在路上走著。

8

準備出發，我的心！讓那些定要逗留的人去逗留吧。
你的名字在晨空中被召喚。
不要等誰！
那花蕾渴望子夜與露水，但那盛開的花為光的自由而叫喊。
裂破你的外殼，我的心，出來吧！

9

當我留戀在我蓄藏的財寶之間時，我覺得我正像一條毛蟲，在黑暗中餵食著牠出生在裡面的水果的毛蟲。
我離去這腐敗的牢獄，我不介意於出沒在這陳腐的沉寂中，我要去找尋那永久的青春；我把那些不是同我生命合一的，不是同我的歡笑一樣輕鬆的一切丟掉。
我跑著穿過時間，哦！我的心，那流浪時歌唱著的詩人在你的車中跳舞了。

10

你牽著我的手拉我到你身邊，在眾人面前使我坐在高座上，直到我覺得膽怯，不能隨意的活動和走我的路；我走的每一步因為怕踏在他們蔑視的荊棘上而疑惑著，考慮著。

最後來了打擊，我自由了！

侮辱的鼓聲響起，我的座位被打倒在塵埃中。

我的路展開在我前面。

我的雙翼充滿著天空的慾望。

我去加入子夜的流星，來投進深淵的幽暗。

我像夏天被暴風趕著的雲，牠拋掉了金的皇冕，雷杵像一把利劍掛在閃電織成的鍊。

在非常的歡樂中我馳騁在被蔑視者的汙濁路上；我行近你最後的歡迎。

孩子找到他的母親，當他離開她的胎房。
當我被與你隔離，從你的屋子被驅逐，我就有見到你臉的自由。

11

這個我的寶石項圈，牠裝飾我只為來譏諷我。
當掛在我頸項上時，牠損傷我，當我掙扎著要把牠拉去時，牠窒縊我。
牠扼我的喉，牠阻遏我的歌唱。

我主，我能把牠獻到你手中我就得救了。
把這拿去，換一個花圈把我聯繫住你；因為我頸上戴著這寶石的項圈站在你面前使我羞慚。

12

瓊那河在深邃的下面流著，急速而清澄，上面怒矗著突出的河岸。
簇聚著被林木遮成黑鬱鬱的叢山，滔滔的川流把牠們劃著一道道的疤痕。

郭文達，那偉大的錫克教師，坐在巖石上誦讀經典，他的以自己多財而自負的徒弟——羅古納德來對他敬禮說：「我帶來這我的可憐禮物，不值得你的接納。」說著，他在教師面前陳列一對鑲嵌著寶貴鑽石的金鐲。

那主拿起一個，在他指頭上旋轉，金剛石發射出光之箭來。突然，鐲子從他手中滑下，從岸上滾進水中去。

「啊喲」羅古納德尖叫，跳入河裡。

教師眼光回到他書上去，而水保藏著牠偷竊的東西，仍向前流著。

日光已昏暗，當疲乏的羅古納德水淋淋地回到教師那邊。

他喘息著說：「我仍能把牠找回，如果你指點我牠跌落的地方。」

教師拿起剩下的一隻金鐲向水裡一擲說：「牠在那裡。」

13

活動著，在行動中就會時時刻刻遇見你。

同行者啊！

就會和你腳步聲一同歌唱。
你呼吸觸到的人不靠岸的蔭庇而游行。
他在風裡張著冒險的帆，騎著狂暴的水波。
那個打開他的大門趨步前進的人受到你的歡迎。
他不停留下來數他的利得或者悲悼他的損失；他的心給他的步調敲鼓，因為這樣就每一步和你一起前進。
　同行者！

14

在這世界我的最好的一份將從你手中得到，這是你的諾言。
所以你的光閃耀在我眼淚中。
我不願被人家領導，怕因此我會錯過你在那裡路角等待著做我的嚮導。
我走我任性的路，直到我的愚誠激動你到我門前。
因為我有你的諾言，在這世界，我的最好的一份將從你手中得到。

15

你的言詞簡易，我主，但那些談論你的人卻並不這樣。
我懂得你星辰的聲音，還有你樹木的靜默。
我知道我的心將像花朵一樣開放；我的生命已在一個隱蔽的泉源充實了自己。
你的歌像從雪的寂寞之境的來鳥，正飛來築牠們的巢，在我心的四月的溫暖裡，我已滿足於等待那歡樂的季節。

16

他們認得道路，所以他們沿著那狹巷去尋找你，但是我是無知的，我在夜裡四處漫遊。
我沒有受到足夠的訓練要在黑暗中怕你，所以我無意中走到了你的門階。
聰敏人叱斥我命我滾開，因為我不是從巷中走來的。
我疑惑著走向別處，但是你緊緊地執著我，於是他們的叱罵一天一天的更響了。

17

我帶著我的瓦燈走出我的屋子叫道：「來，孩子們，我來照亮你們的路！」
當我回來時夜仍是黑漆漆的，我離開路把牠交給牠的寂寞，我叫道：「照亮我，哦火！我的瓦燈粉碎在塵埃中了！」

18

不，這不是你所能做的，使花蕾開放。
任你把花蕾搖撼，把花蕾敲打，這是你權力所不及的，來使牠開放。
你的接觸汙損牠，你把花瓣撕成碎片撒在塵埃裡。
但是沒有顏色出現，也沒有芳香。
啊！這不是你能來使花蕾開放的。

他，能使花蕾開放的人做來很是簡單。
他向花蕾看一眼，那生命之液便在牠血脈中激動，他的氣息使花朵展開牠的翼兒撲翅在風中。
顏色泛溢出來像心裡的渴望，芳香洩漏一個甜蜜的祕密。
他，能使花蕾開放的人做來很是簡單。

19

花匠蘇陀斯從他的水池裡採下冬天劫掠後所餘下的最後一朵蓮花，到王宮門前去賣給國王。
那裡他遇到一個旅行者對他說：「請問這最後一朵蓮花的代價——我要把牠供奉給如來佛。」
蘇陀斯說：「如果你出一個金摩沙，這花就是你的。」
旅行者就付了。

那時國王出來他想買這朵花，因為他正前往拜訪如來佛，他想：「我把這朵冬天開的蓮花放在他腳邊多麼好啊。」
當花匠說有人出價一個金摩沙，國王就提出十個，但是旅行者便出加倍的價錢。

花匠因貪得，幻想為了他的緣故，使他們競爭出價的人將使他獲得更大的利益，他鞠躬說：「我不能出賣這朵蓮花。」
城牆外檬果林的靜寂濃蔭中蘇陀斯站在如來佛前，在佛的嘴唇上坐著愛之靜默，佛的眼睛裡輝耀著寧靜，像露洗的秋之晨星。
蘇陀斯看著他的臉，把蓮花放在他腳邊，泥首在塵埃裡。
如來佛笑笑問道：「你希望什麼，我兒？」
蘇陀斯叫道：「你腳的最小接觸。」

20

使我做你的詩人，哦，夜，覆蓋著的夜。
有幾許人在你的陰暗中長期無言的坐著；讓我吐出他們的歌曲。
把我放在你沒有輪子的戰車上，從世界到世界無聲地跑著，你是時間之宮的王后，你朦朧的美人。

許多詢問的智力偷偷地進入你的中庭，漫遊你的無燈之屋尋求解答。
從多少的心，被「未知」的手所發出的快樂之箭貫穿，怒放出歡欣的歌唱，把黑暗的基石都震動了。
這些不眠的靈魂在星光中驚奇地看著他們驟然尋到的寶貝。
使我做他們的詩人，哦，夜，做你的不可測靜默的詩人。

21

有一天我將遇見我裡面的「生命」，那藏在我生命裡的快樂，雖然日子用牠們的閒塵來混亂我的前途。
我曾認識牠，在瞥見過的幾次中，牠間歇的風吹過我使我的思想芬芳一時。
我有一天將遇到那個外面的「快樂」，那個住在光之屏風後面的快樂——我於是將站在氾濫的洪荒，那裡所有的東西是像他們創造者看見的一樣。

22

這秋天的早晨已疲勞於太多的光，如果你的歌漸成間歇而無力，給我一會兒你的笛。

我將在想奏時奏它，一會兒拿在我膝上，一會兒接觸著我的雙唇，一會兒把牠放在我身邊的草地上。

但是在莊嚴黃昏的靜寂裡，我將採集花朵，把花圈來裝飾牠，我將把牠充滿芳香；我將用點著的燈來禮拜它。

於是在夜裡我將到你那邊來，把你的笛還你。

你將用牠奏子夜的樂曲，當寂寞的新月在星辰間遨遊。

23

詩人的心，在風與水的聲音中的生命之波浪上漂浮著，舞蹈著。

現在當太陽已下沉，昏黑的天空罩在海上，像下垂的睫毛跌向疲倦的眼睛，是時候了，把他的筆拿去，讓他的思想沉向深洋的底，留在那個靜默的永久神祕裡。

24

夜是黑暗的，你的睡眠酣熟在我存在的靜默裡。

醒來，哦，「愛之苦痛」，我站在外面，不知怎樣來打開這大門。

時間等待著，星辰看守著，風是靜止著，沉重地，靜默壓在我心上。

醒來，「愛」啊，醒來！注滿我的空杯，用歌的輕風來吹縐夜晚。

25

晨之鳥歌唱著。

從那裡他得到早晨的訊息，在破曉以前，當夜之龍仍盤踞天空，在他寒冷而黝黑的蟠繞中？

告訴我，晨之鳥，怎麼穿過天空與樹葉形成的雙重黑夜，那來自東方的使者，找著了到你夢之路？

世界不相信你，當你呼喊：「太陽已在光臨的途中，夜是完了。」

哦，睡眠者，醒來吧！
袒露你的額頭，等待光的第一次祝福，同晨之鳥在歡快的信心中齊唱。

26

在我裡面的乞丐將他消瘦的手舉向無星的天空，在夜的耳朵中用飢餓的聲音叫喊。
他的祈禱是向盲目的「黑暗」，那「黑暗」躺著，像一個失去希望的荒涼天堂之墮落神祇。
欲望的叫喊在絕望的深谷旋轉，一隻鳥繞著牠的空巢哀鳴。

但是當早晨拋錨在東方的邊緣，在我裡面的乞丐跳起叫道：「我是受福了，那聾耳的夜拒絕了我——牠的錢庫是空的。」
他叫著：「哦，『生命』，哦，『光明』，你是寶貴的！而寶貴是那最後認得你的快樂！」

27

薩難坦在恆河邊唸經，一個襤褸的婆羅門走來對他說：「幫助我，我貧窮！」

「我募化用的缽是我自己東西的一切。」

薩難坦說：「我已把我所有的都施捨了。」

「但是我主濕婆夢裡來見我，」婆羅門說：「他囑咐我來找你。」

薩難坦突然記起他從前在河岸上卵石堆裡拾起的一塊無價寶石，當時他想也許有人用得到的，就把牠藏在沙中。

他指點給婆羅門藏放的地點，婆羅門奇怪地把寶石掘出。

婆羅門獨自坐在地上沉思，直到太陽在樹後下沉，牧夫趕他們的牛群歸家。

於是他站起來慢慢地走近薩難坦說：「主啊！給我一點那蔑視世界財富的財富。」

說著他把那寶貴的石頭拋在水裡。

28

一次再一次，我伸著手到你的門前來，要求多一些，再多一些。

你給與又給與，一會兒緩慢的數量，一會兒突然的過多。

有些我拿了，而有些東西我讓牠掉了；有些沉重地躺在我手上；有些我做成玩具當厭倦時就破壞了牠；直到你禮物的殘骸與蓄儲增加到無限，這遮蔽了你，而不斷的期望耗損了我的心。

拿去，哦！拿去——已成我現在的呼喊。

從這乞兒的缽裡粉碎一切，把這瀆求的看守者之燈熄滅；握住我的手，把我從你禮物的這繼續聚積堆裡拉起，進入你寬暢的面前之樸素的無窮之中。

29

你把我放進失敗者之列。

我知道我既不能贏，也不能離開這遊戲。

我將投進深潭，雖然只有下沉到水底的一途。

我將玩那使我破毀的遊戲。

我賭注我的一切，當我最後一點兒都輸去，我將賭注我自己，那末，我想，我將藉我的完全失敗而勝利了。

——30

一個愉快的歡笑延展過天空，當你把我的心穿在破衣裡派她到路上去乞食。她沿門走去，許多次當她的乞缽快要滿盈時就被劫掠掉。

在疲勞日子的終結，她到你的宮門前來，舉起她可憐的乞缽。於是你走來攙著她的手，扶她在你的王座上，坐在你旁邊。

——31

「你們那一個願負荷養育飢民的責任？」如來佛問他的生徒們，當飢荒盛行在舍衛國。

銀行家剌德難卡爾垂下了頭說：「來養育飢民需要比我所有更多的財富。」

哲生，國王軍隊的首領說：「我願欣然捐輸我的鮮血，但是我屋子裡卻沒有足夠的糧食。」

達摩佩爾，擁有廣闊的田地者，嘆氣說：「旱魔吸乾了我的農田。我不知怎樣來還國王應付的稅。」

於是蘇蒲莉亞，托鉢僧的女兒起立。

她對全體行禮，謙遜地說：「我願養育飢民。」

「怎麼樣！」他們驚叫：「你怎樣希望來完成你的許願？」

「我在你們中間最窮，」蘇蒲莉亞說：「這就是我的力量。在你們每人屋裡有我的錢庫，我的倉房。」

32

我是不認識我的國王的，所以當他要求貢物時我大膽地以為我可以躲藏，留著我的債不付。

我逃著，逃在我日間的工作中，逃在夜晚的夢後面。他的要求仍跟隨著我每一次的呼吸。

我就知道他是認得我的，我沒有了餘地。

現在我願把我所有一切放在他腳前，我因此可以在他國中得到我應得的權利。

33

當我想我能塑造你——一個出自我生命的形象，來給人們膜拜，我滲進我的塵土與欲望，還有我所有的染彩的妄想與夢幻。

當我要求你，用我的生命來塑一個出自你心裡的形象給你來愛，你滲進你的烈火與力量及真理，愛及和平。

34

「陛下。」僕從報告國王：「聖人納魯坦從沒有允諾進入你的王廟裡去。」
「他在路邊樹下唱上帝的讚歌，廟裡沒有禮拜的人了。」
「他們麕集他身邊似蜜蜂繞著白蓮，留著金瓶裡的蜜不顧。」

國王心裡惱怒，來到納魯坦坐在草上的地點。
他問道：「神父，為什麼你棄我的金頂廟宇坐在塵埃中宣講上帝的愛？」
「只為上帝不在你的廟裡。」納魯坦說。
國王顰眉說：「你知道嗎？兩千萬金子耗掉來建成那個藝術的奇觀，又是用化錢的儀式奉獻給上帝的。」
「是的，我知道的。」納魯坦回答：「這些事發生在那年，在千萬個房屋被焚的人民空自站在你門外乞求援助的那年。」

「於是上帝說：『這個可憐蟲，他不能給他的兄弟仕所卻想來造我的屋子！』」
「因此他就同無家的人一起安身在路旁樹下。」
「而那個金氣泡是空無所有只有驕傲的燻人蒸氣。」
國王忿怒地喊叫：「離開我的國土！」
聖人安詳地說：「是的，放逐我到你已放逐上帝的地方。」

35

號角躺在塵埃中。
風已疲憊，光已死去。
啊，凶惡的日子！
來啊，戰鬥者舉起你們的旌旗，歌唱者唱著你們的戰歌！
來啊，前進著的巡禮者，匆匆趕向你們的旅程。
號角躺在塵埃中等待著我們。

我走著向廟宇的路，帶著我黃昏的供物去尋求一天塵汙勞作後的休息地：期望我的創傷會治癒，我衣服上的汙點會洗白，當我發見你的號角躺在塵埃中。
是不是我點我黃昏之燈的時刻？
是不是夜晚已對星辰唱催眠曲？
哦，你，血紅的玫瑰，我睡眠之罌粟已蒼白而凋謝。
我確信我的流浪已完結，我一切的債已清付，當我意外遇見你的號角躺在塵埃中。

用你青春之魅力來敲打我昏沉的心！
讓我生命的快樂燃成烈火。
讓覺醒的箭飛著穿過夜的心臟，而畏懼的顫震動搖盲目及無能。
我來把你的號角從塵埃中舉起。
睡眠不再是我的——我的路程將穿過箭陣。
有的將從他們屋子裡跑出到我身傍——有的將低泣。
有的將在他們可怕的夢中在牀上輾轉反側，呻吟。
今夜你的號角將響起來。

從你那裡，我只求和平，卻覓得恥辱。
現在我站在你面前——扶助我穿上我的盔甲。
讓苦難的重擊把火打入我生命。
讓我的心苦痛地跳，做你勝利的鼓聲。
我的雙手將是空無所有來拿起你的號角。

36

哦，美麗的！當他們在愉快時瘋狂，揚起飛塵來汙穢你的長袍，使我的心起厭惡時。我對你叫喊：「拿起你處罰的鞭來裁判他們。」

晨光映射著那些眼睛，因夜間喧飲而發紅的眼睛；潔白百合花的寧靜迎迓他們燻人的氣息；辰星穿過深奧的神聖黑暗凝視他們的酒宴——凝視那些揚起飛塵來汙穢你長袍的人們，哦，美麗的！

你的裁判座是在花園裡，在春鳥的音詞裡；在蔭翳的河岸旁，那裡樹木低語回答水浪的低語聲。

哦，我的愛人，他們在慾念中沒有了憐憫。
他們在黑暗中巡劫搶奪你的飾物來修飾他們自己的欲望。
當他們打你使你疼痛，我的心刺痛時，我對你叫喊：「拿起你的劍，我的愛人，裁判他們！」

噢，你的處分卻是留意的。
為他們的橫蠻流著一個母親的淚；一個愛人的不滅信心把他們反叛的矛隱藏在自己的創傷裡。
你的裁判在不眠的愛之無言苦痛裡；在貞潔人的赬顏裡；在孤獨者夜間的眼淚裡；在寬恕的蒼白晨光裡。

哦，可怕的，他們在不顧一切的貪得中晚間爬過你的門，闖入你的貯藏室，搶劫你。
他們掠奪物的重量增加到無限，沉重不能被帶走，不能移動。
於是我對你叫喊，寬恕他們，哦，可怕的！
你的寬恕像暴風雨爆發，推倒他們，吹散他們的竊物在塵埃中。
你的寬恕在雷石裡；在血雨裡；在日落時的忿怒紅色裡。

37

烏柏笈多，如來的弟子，睡著在馬士拉城牆旁的泥土中。

燈都已熄，門戶都已關閉，而星星都被八月的陰暗天空所遮蔽。

那是誰的腳？玎玲著踝鈴聲，猛然觸著他的胸膛。

他驚醒，一個女人的燈散發的光，投射著他寬恕的眼睛。

那是個跳舞的女郎，珠寶如星播，淡青的服裝如雲蓋，沉醉在她青春的醇酒裡。

她降低她的燈看見那張年輕的臉，嚴肅而俊美。

「原諒我，年輕的苦行者。」女人說：「幸運地到我屋子來吧。塵汙的泥地，對你並不是適合的床。」

苦行者回答：「女人，走你的路；當時間成熟，我會來的。」

突然黑夜在閃電中露齒。

暴風雨在天角咆哮；女人驚恐得震顫。

路旁枝枒被沉重的花兒壓得疼痛。
歡快的笛聲在暖和的春風中遠遠飄來。
市民們都到林中去了，到花卉的節日去。
半空中滿月注視著靜寂城市的影子。
年輕的苦行者在寂寞的街上行走，頭上有失戀的可愛兒鳥在檬果枝間發聲，牠們不眠的悲鳴著。
烏柏笈多穿過城門立定在城腳邊。
是什麼女人躺在他腳邊的城牆暗角裡，被黑死病所襲擊？她的身體被膿瘡所玷汙，倉促間被驅出城。
苦行者坐下在她身旁，移放她的頭在自己膝上，用水潤濕她的雙唇，又用油膏塗她身體。
「你是誰，慈悲的人？」女人問。
「謁見你的時間終於來了，因此我在這裡。」年輕的苦行人回答。

38

我的愛人，在我們之間不僅僅是愛的嬉戲。
一次又一次，尖鳴的暴風夜突擊我，吹熄我的燈火：黑暗的疑惑聚集塗抹我天空所有的星辰。
一次又一次，堤岸潰裂，潮水沖走我的收穫，於是慟哭，絕望把我的天空從此端撕裂到彼端。
這個我已認識，你的愛有苦痛的擊打，永無死亡的冷寞。

39

牆壁裂開，光，像神聖的笑，突然進來。
　勝利，哦，光！
夜之心被刺洞穿！
用你雪亮的劍把疑竇與脆弱糾結剖分為二。

勝利！
來啊，深仇的！
來啊，在你白色中使人恐懼的。
哦，光，你的鼓聲響徹在火的行進裡，紅色的火炬高舉；死亡在一個光輝的突發中
死去！

40

火啊，我的兄弟，我對你歌唱勝利。
你是可怖自由的鮮紅塑像。
你揮舞你的手臂在天空，你用你猛烈的手指掃過箜絃，你的舞曲真美妙。
我日子完結門打開時，你會把這手足的索縛燒做灰燼。
我的身體與你合一，我的心將繫絡於你狂暴的漩渦；而那是我生命的烈火將煥發，
混合在你的火焰裡。

41

船夫在夜裡出外渡那狂暴的海。
桅檣因為牠的帆張滿了烈風而疼痛。
天空被夜的毒牙所刺跌落在海上，被黑暗的恐怖所毒害。
波浪把牠們的頭撞擊看不見的黑暗，而船夫出外渡那狂暴的海。

船夫已出外，我不知他有什麼密會，用他的白帆驟驚夜晚。
我不知道在什麼海岸，最後他登陸，到達那點著燈的靜默庭院去找坐在塵埃中等待著的她。

那是什麼探求使他的船不顧風浪與黑暗？
是不是那探求有大量的寶石與珍珠？
噢！並不，船夫那有帶來財寶？只有一朵白玫瑰在他手裡，一隻歌在他唇邊。
是為她，為著點了燈孤獨地看守黑夜的她。

她住在路邊的茅屋裡。
她鬆散的髮絲在風中飄揚，遮蔽了她的眼睛。
暴風穿過她破門而尖叫，她土燈的光閃搖投影在牆壁上。
從咆哮的風聲裡她聽到他叫她的名字，她那沒人知道的名字。
已經很久了，自從船夫起航。
距離他在黎明破曉前，走去敲門還要長久的時間。
鼓聲不會響起，沒有人會知道。
只有光將充溢屋子，塵土將受福，心將歡樂。
一切疑惑將悄悄地消失，當船夫到達了海岸。

——42

我依附著這活的筏——我的身體，渡過我凡塵年代的狹流，當我到達彼岸，就把牠放棄。
於是？
我不知那裡的光是不是和黑暗相同。

「未知」就是永久的自由；
他在愛中是沒有憐憫的。
他壓碎貝殼為了那真珠，啞口在黑暗之牢獄中。

可憐的心啊，為了那些過去的日子，你沉思又低泣。
為要到來的日子高興吧！
時鐘已敲了，哦，巡禮者！
這是你們分路的時候了！
他的臉將再一次除下面幕而你們將相見。

43

頻毗沙羅王用白色大理石造了一座廟，蓋在如來的佛骨上以表敬意。
黃昏時國王家裡所有的新娘與女兒們都獻上鮮花與明燈。

當他兒子做了國王時，他用血液洗掉了他父親的教條，把這教條的聖書燃起了祭禮之火。

秋天的白日將逝。

黃昏之禮拜鐘點移近。

史莉摩蒂，王后的侍女，她是專心皈依如來佛的，在聖水中沐浴過，用明燈與白色鮮花裝飾了金盆，靜靜地招起她烏黑的眼睛看著王后的臉。

王后驚恐而戰慄說：「難道你不知嗎？笨女孩！死亡是給那個到如來廟禮拜的人之懲罰。」

「這是國王的意志。」

史莉摩蒂對王后鞠躬，回身出門，來到王子新婚的新娘亞蜜泰面前站著。

一面磨光的金鏡在她膝上，這新婚的新娘編著她黑而長的髮絲，又在髮的分界劃上幸運的紅點。

她的手顫抖，當她看見那年輕侍女，她喊道：「你要帶給我什麼可怕的危險！即刻離開我。」

肅克拉公主坐在窗前，依著落日的光讀她的傳奇小說。
她驚起，當她看見那帶著神聖祭物的女侍在她門前，
她的書從她膝上跌落，她在史莉摩蒂耳邊低語：「別衝向死亡，大膽的女人。」

史莉摩蒂沿門走去。
她舉頭叫道：「國王屋裡的女人們，趕快啊！」
「我主的禮拜時辰來了！」
有的當她臉閉了門，有的辱罵她。

最後一線日光消失在宮塔的古銅圓頂上。
深影定住在街角；城市的雜沓靜下來；濕婆廟中的銅鑼佈告晚禱的時間。
在秋夜的黑暗中——深沉像澄澈的湖，星星因光而跳動，當御花園裡的衛兵們震驚，
看見樹林那邊一排燈點在如來廟裡。

他們帶著出鞘的劍跑去，叫著：「你是誰，不顧死活的愚人？」
「我是史莉摩蒂，」甜蜜的聲音回答，「如來佛的僕從。」
剎那間她的心之血染紅了冰冷的大理石。
在星星的靜默時刻，禮拜的最後一盞燈之光在廟腳死去。

44

站在你我之間的日子行她相別的最後一鞠躬。
夜把面幕拉上她的臉，遮蔽了我房裡點著的唯一燈盞。
你黑暗的僕從無聲的到來，為你展開新婚的地氈。
讓你獨自和我坐著，在無言的靜寂中直到夜終。

45

我的夜度過在悲哀的牀上，我的眼睛疲乏，我沉重的心還未有準備去同早晨與牠擁擠的歡快相見。

把幕蓋上這赤裸裸的光，招呼這耀眼的閃光與生命之舞蹈遠離他。
讓你柔和黑暗的斗篷把我蓋在牠的摺疊裡，蓋著我的苦痛，讓我避一會兒世界的壓力。

46

我可以償回她一切我所接受的時間已成過去。
她的夜已找到了牠的晨，而你已承受她在你懷抱裡，於是我給你帶來我的感恩還有我的禮物，那些原是給她的。
因我對她的所有的傷害和無禮，我到你那裡來要求原諒。
我為你服務獻出這些我愛之花，這些當她等待著她們開放時仍是蕾的花。

47

我找到幾封我的舊信仔細地藏在她的匣子裡——給她記憶來玩耍的一些小玩具。

從時間的狂烈河流，她要想用懦怯的心偷竊這些無價值的東西，並說：「這些只是我的！」

啊，現在沒有人來要求牠們，沒有人能以慈愛的留意當做牠們的代價，但是牠們仍在這裡。

一定的，在這世界裡是有愛來到完全失敗中救她，就是像這個她的愛，拯救這些信，用這樣的憐愛的留意。

48

帶美麗與秩序到我孤獨的生命來，女人啊，像當你活著時帶到我家庭來似的。
掃去時間的塵封碎片，注滿這些空瓶，修理所有被忽視的。
那未啟開廟的內門，點起燭來，讓我們在我們上帝前靜默地相見。

49

苦痛極重，當絃被調整時，我主！

開始你的音樂，讓我忘卻那苦痛，讓我在美妙中感覺在無情的日子中你心中所想的。
殘夜在我門前逗留，讓她用歌來告別。
傾注你的心在我生命的絃裡，我主，在你星辰間飄落的曲調中。

50

在一剎那的電閃光中，我在生命中看見你的創造是多麼無限——由世界到世界的幾許死亡中的創造。
我因我的無價值而哭泣，當我看見我的生命在無謂鐘點掌握中——但當我看見牠在你手中我就知道牠是太寶貴了，不可浪費在幻影裡。

51

我知道將有一個白日的昏暗終結，太陽會向我最後一次告別。
牧童們在榕樹下吹笛，牛群在河旁斜坡上吃草，那時，我的時日將向黑暗消失。

這是我的祈禱，讓我在離別前知道為什麼大地呼喚我入她的懷抱。
為什麼她的夜之靜默以星辰對我談話，她的光吻我的思想使開花。
我離開以前讓我逗留在我的尾聲中，完成牠的音樂，讓看你臉的燈點亮，來把加冕你的花環織成。

52

那是什麼音樂？在牠節拍中世界搖擺。
我們歡笑，當牠敲在生命之絕頂；我們恐懼而畏縮，當牠回向黑暗。
但演奏是一樣的，牠跟著無限音樂的節奏來去。
你藏匿你的財寶在你掌中，我們就呼喊我們是被劫了。
但是任你開合你的手掌，得與失是同樣的。
你和自己玩的遊戲中，你同時失敗與勝利。

53

我曾用眼睛與四肢吻過這世界；用無數摺疊把牠包在我心中；用思想氾溢牠的日

夜，直到世界與我的生命已長為一體——於是我愛我生命，因為我愛天空的光這樣交織著我。

如果離開世界是像愛牠一樣真實——那末生命的相遇與分離必定有意義。

如果那分愛在死亡中被騙，那末，這欺騙的腐化將耗蝕一切，為此星辰要枯萎而變黑。

54

「雲翳」對我說：「我消失。」；「黑夜」說：「我投入熱烈的黎明。」

「苦痛」說：「我深寂地留著的是他的足印。」

「我歿入完成。」我的生命對我說。

「大地」說：「我的光時刻吻著你的思想。」

「時日過去，」「愛」說：「但是我等著你。」

「死亡」說：「我駕駛你的生命之舟渡過海洋。」

55

詩人杜爾雪達斯在恆河邊漫步著沉思，在那孤寂的地帶，那裡他們焚化死人。

他發現一個女人坐在她丈夫屍體腳旁，穿戴得似結婚時的華麗。

她看見他就恭敬起立，對他禮拜說：「准許我，師父，得到你的祝福，來跟隨我丈夫到天國去。」

「為什麼這樣躁急，女兒？」杜爾雪達斯說：「不是這大地也是創造天國的人所有的？」

「我不渴望天國。」女人說：「我要我的丈夫。」

杜爾雪達斯笑著對她說：「回家去，孩子，在一個月未滿以前，你將找到你丈夫。」

女人帶著快樂的希望回去了，杜爾雪達斯每天來見她，使她想高超的思想，直到她的心被神聖的愛所充溢。

當一個月方過，她的鄰居都來問她：「女人，你有沒有找到你的丈夫？」

寡婦笑笑說：「我已找到了。」

他們急切地問：「他在那裡？」

「我丈夫在我心中，與我合一。」女人說。

56

你到我身邊來一會兒，用在造化之心中的女人之龐大神祕來觸動我。
她是永久在把上帝自己流出的甜蜜還給上帝；
她是大自然中永久新鮮的美麗及青春；她在潺潺的溪流中舞蹈，在晨光中歌唱；她與起伏的水浪同乳哺乾渴的大地；在她的「永恆者」，因牠再不能抑制自己的歡樂而分裂為二氾濫在愛之苦痛中。

57

她是誰？這位住在我心中，永遠孤獨的女人。
我向她求愛而沒有成就。
我用花環修飾她，又唱歌讚美她。
微笑在她臉上閃了一會兒，又消失了。
「我並不能因你而快樂。」她叫著，這位悲哀的女人。

我帶給她鑲珠的踝鈴，又用寶石點綴的扇子搧她；我給她在金床架上安置床鋪。
一線歡快之光在她眼中閃爍，又死亡了。
「我並不能因這些而快樂。」她叫著，這位悲哀的女人。

我坐在勝利之車上，從世界這一盡頭馳騁另一盡頭。
被征服的心拜倒在她腳下，還有讚美之聲響徹天空。
得意在她眼中閃耀了一會兒，被眼淚隱蔽了。
「我不因征服而快樂」，她叫著，這位悲哀的女人。
我問她：「告訴我，你尋求誰？」
她只說：「我等待著名字不知的他。」
日月過去，於是她喊：「什麼時候我不認識的心上人將來到，讓我永遠認識他？」

——58

你的是那從黑暗中衝出的光；你的是那從鬥爭的破心中萌芽的善良。
你的是開向世界的屋，那向戰場召喚的愛。

你的是當每樣都失敗時仍是勝利的禮物，那流過死亡之洞穴的生命。
你的是坐落在平凡塵土中的天堂，你的存在為著我，你的存在為著一切。

59

當道路的疲倦到臨我身上，還有悶熱的日子的乾渴；當黃昏的似鬼鐘點投向他們的幻影橫過我生命，那時我不只喊著要你聲音，我的朋友，而也要你的接觸。

我心裡有著苦痛，因為那些沒有給你的財富之負重。

橫過黑夜伸出你的手，讓我握著牠，充滿牠，並且保留牠；讓我在寂寞伸延的前途一路覺到牠的接觸。

60

芬芳在花蕾裡哭喊：「啊呀，日子去了，這春的快樂日子，我卻是花瓣中的囚人！」
不要失去勇氣，膽怯的東西啊！
你的禁錮會爆裂，花蕾會開成花朵，而當你在生命圓滿後死去時，春天也仍會活下去。

芬芳氣喘，在花蕾內振動，哭喊：「啊呀，時間過去，但我不知我到那裡去，我尋求的是什麼！」

不要失去勇氣，膽怯的東西啊！

春風已竊聽了你的慾望，今日不會結束，在你成就你的存在之前。

將來對她是祕密，芬芳絕望地哭喊：「啊呀，是誰的過失，我的生命這樣無意義？誰能告訴我，究竟為什麼我存在？」

不要失去勇氣，膽怯的東西啊！

完整的黎明接近，那時你將混合你的生命在一切生命中，最後知道你的本旨。

61

她還是一個小孩，我主。

她在你宮中四處奔跑遊玩，而想把你也做成一樣玩具。

她不顧她的髮絲拋散，她隨意地衣服拖在塵埃中。
你對她說話她不回答，卻睡著了——你早晨給她的花卉從她手中溜滑在塵埃中。
當暴風雨爆發，黑暗布滿天空，她就不眠；她的玩偶散開躺在地上，她因恐怖而纏住你。
她怕她會在你服務中失敗。
但是你微笑著注視她遊戲。
你認識她的。
坐在塵埃中的孩子是你命定的新娘；她的遊玩會靜止而深浸入愛。

62

「哦，太陽，除去天空，還有什麼能保留你的肖像？」
「我夢著你，但我永不能希望可服務你」，露珠哭泣說。
「將你放入我裡面，那是我太渺小了，偉大的主啊，我的生命全是眼淚。」
「我照耀無邊的天空，我卻能仍委身於一滴小小的露珠，」這樣太陽說：「我將變成只是一線光來充溢你，於是你的小小生命將是一個歡笑的球。」

63

我不要那不知約束的愛，只像飛沫的酒爆裂了容器一忽兒變為無用。
賜給我沉靜的，純潔的愛，像你的雨賜恩於乾渴的大地，並充滿粗陋的土罐。
賜給我那能滲入存在中心的愛，從那裡會蔓延，像看不見的水分透過枝條茂暢的生命之樹，使果子與花朵出生。
賜給我那用和平的充溢來保持心的靜默之愛。

64

太陽已在河西的邊緣下沉，在森林的叢莽間。
隱區的孩子們已帶著牛群歸家，圍著火坐下傾聽教師高泰馬的宣講，這時一個陌生男孩走來，用花與果禮敬他，拜倒在他腳邊，用鳥一樣的聲音說——
「主啊，我到你這裡來願被領上至高真理的道路。」

「我的名字是愛真。」

「祝福你」，教師說。

「你是什麼氏族，孩子？只有婆羅門適合昇登最高智慧。」

「主啊，」孩子回答，「我不知我屬那一族，我回去問我母親。」

這樣說著愛真乃離去，涉過淺溪回到他母親的茅屋，那立在荒漠沙地的盡頭，靜睡村落的邊緣的茅屋。

油燈朦朧的點在房裡，而母親站在門口黑暗裡等待她兒子的歸來。

她把他緊抱在懷裡，吻著他的頭髮，問他關於到教師處去的事情。

「我的父親叫什麼名字，親愛的母親？」孩子問。

「只有婆羅門適合昇登最高智慧，高泰馬先生對我說。」

女人低垂她的雙眼，低語說：

「我年輕時貧窮，替許多主人做事，你來到你母親若白蘿的懷抱，我的寶貝，她沒有丈夫。」

太陽最初的幾線光閃耀在隱區森林的樹頂。

學生們，他們紛亂的頭髮仍為早晨的沐浴而潤濕，就古樹下坐，在教師面前。

愛真到來。

他在聖人腳邊俯身下拜，然後靜默的站著。

「告訴我，」偉大的教師問他，「你是什麼氏族？」

「我主，」他回答，「我不知道，我問母親，她說，『我年輕時侍奉許多主人，而你來到你母親若白蘿的懷抱，她沒有丈夫。』」

喃喃聲響起像忿怒的蜂群在牠們巢中被騷動而嗡嗡不休，學生們怨言這被社會逐出者的不知羞恥的無禮。

教師高泰馬站出來，伸出雙臂，把孩子抱在他懷裡，「你是最好的婆羅門，我的孩子，你有真實的最高尚繼承。」

65

也許這城市中有一間屋子，今晨門戶永遠開放向口出的撫觸，那裡光的使命是成全了。

花朵既開放在籬笆上和花園中，也許在這清晨有一顆心在牠們中間找到那禮物，那早在無盡期中旅行的禮物。

66

聽啊，我的心，他的笛是野花香氣的樂聲，是閃光葉子的，瀲灩水波的，以及朦朧中蜂翼鳴響的樂聲。

笛從我朋友的唇間偷竊他的微笑開遍我的生命。

67

你始終獨立在我歌之溪外。

我曲調的波浪沖洗你的雙足，但我不知怎樣我才能到達你的腳邊。
這個你我之間的遊戲是遠距離的遊戲。
是隔離的苦痛依靠著我的笛融化在旋律中。
我等待時間的來臨，那時你的小艇渡向這岸，那時你會將我的笛拿進你自己的手中。

68

今晨，突然我心之窗飛開來瞭望著你的心。
我驚奇地看見你知道我的名字寫在四月的葉與花裡，於是我默坐著。

我的歌與你的歌之間的帷幕一時被吹開。
我發現你的晨光是充滿我自己未唱的無言之歌；
我想我將在你足邊學習牠們——於是，我默坐著了。

69

你在我心的中央，所以當我心漫遊，她永遠尋覓不到你；到最後你避卻了我的愛與希望，因為你是永遠在牠們之中。

你是我青春之活動中的最大快樂，而當我太忙於活動，我遺漏了快樂。
我生命狂歡之時你給我唱歌，我卻忘記對你歌唱。

70

當你掌你的燈在天空，燈光投在我臉上，燈的影陰卻降落在你身上。
當我掌著愛之燈在我心中，燈光投射你，我佇立在後面的影陰中。

71

啊，這波濤，這吞天的波濤，閃耀著光，跳躍著活力，旋轉的歡笑之浪，永遠衝激。

星辰顛簸在牠們上方，各種顏色的思潮從深洋中投射出來，散布在生命之海岸上。
生與死隨著牠們的節拍起伏，我心之海鷗展開雙翅歡鳴。

72

快樂從全世界飛奔來構造我的身體。
天光吻著又吻著她直到她醒來。
匆促的夏天之花卉在她呼吸中嘆息，風與水之聲在她活動中歌唱。
雲彩與森林的顏色之潮的熱情流入她生命，萬物之音樂愛撫她的四肢成形。
她是我的新娘——她點燃她的燈在我屋裡。

73

春，帶著葉與花來到，進入我的身體。
整個清晨蜜蜂在那兒嗚響，風無聊地與陰影嬉戲。
甘美的泉從我心之心中噴出。
我的眼睛用歡快洗濯，像露洗的清晨，生命震顫在我四肢，像琵琶彈奏的絃。

是不是你獨自漫遊在我生命之岸，那裡潮水氾濫，哦，我無窮期的愛人？
是不是我的夢翱翔在你周圍像彩翼的飛蛾？
還有我存在之暗穴裡回響的是不是你的歌聲？

除卻你，還有誰能聽到今天在我血液中響起的密集鐘點之鳴聲，快樂的腳步在我胸中舞蹈，不息的生命之喧擾在我身體中撲翅。

74

我的桎梏已截斷，我的債已付清，我的門已開放，我去到任何地方。
他們蹲踞在他們的角落裡織著蒼白鐘點的網，他們坐在塵埃中數著他們的錢幣，呼喚我回去。

但是我的劍已鍊成，我已穿上盔甲，我的馬是熱切於騁馳。
我將獲得我的領土。

75

只是幾天前我到你的大地來，赤裸，無名，號哭著。

今天我的聲音歡欣，而你，我主，卻站在一邊讓我有餘地可以來充實我的生命。

就是當我帶我歌來獻給你時，我仍暗地希望著人們會為了這些歌來愛我。

你愛發現我愛著這個你帶我來的世界。

76

我膽怯地蜷伏在安全的影子裡，但現在，當快樂之波濤帶我的心在浪頂，我的心緊執住牠困難的殘酷岩石。

我獨自坐在我屋子的一角，想這屋子要來接待任何客人是太狹窄了，但是現在當門戶突然為一個不請而來的快樂敞開，我發現這裡有給你與給全世界的餘地。

我踮起足尖行走，當心我自身，薰香又修飾過——但現在當一陣歡樂的旋風吹倒我
在塵埃中，我狂笑著滾在你腳邊的地上，像孩子一樣。

77

世界即刻是你的，永遠是你的。
因為你沒有需要，我主，你對你的財富並無興趣。
好像牠是零。
所以經過漫長的時間你不斷給我你的東西，你從我不停的獲得你的國土。
日以繼日，你從我的心買到你的日出，你找到你的愛，雕成我生命之塑像。

78

你給鳥兒以歌曲，鳥兒們以歌曲來報答你。
你只給我聲音，卻要求更多，於是我歌唱。
你造你的風輕快，牠們敏捷地服務，你重累我雙手，使我能自己來減輕牠們，於是

最後，為了來服務你，獲得無累的自由。
你創造你的「大地」，用光之碎片來充滿牠的影陰。
到那地步你停頓了；你留我空手地在塵埃中來創造你的天堂。
其餘的萬物你給與；向我你卻要求。
我生命之收穫在日光及陣雨下成熟著，直到我收穫更多於你的播種，使我的心歡欣，哦，金穀倉之主。

79

讓我不要祈禱著從險惡中得到庇護，但祈禱能無畏地面對牠們。
讓我不乞求我痛苦會靜止，但求我的心能征服牠。
讓我在生命之戰場不盼望同盟，而使用我自己的力量。
讓我不在憂慮的恐懼中渴念被救，但希望用堅忍來獲得我的自由。
允准我，我雖是一個懦者，只在我的成功中覺得你的仁慈；但讓我在我的失敗中找到你手的緊握。

80

當你獨居時，你不知道你自己，那時沒有使命的呼喚，風從這裡跑到更遠的彼岸。

我到來，於是你甦醒，而天空放滿了光。

你使我在多少花卉中開放，拴我在多少方式的搖籃中，藏放我在死亡中又再發現我在生命中。

我到來，你的心起伏；苦痛降臨到你身上使你快樂。

你撫觸我，刺激我進入愛中。

但我雙眼裡有慚愧之薄幕，我胸膛中有恐怖的閃爍；我的臉是覆著紗，當我不能見你，我悲泣。

但我知道你心中有無限的見我之渴望，在旭日一再的叩門聲中，那渴望在我門前呼喊。

81

你，在你的無時間的守望，傾聽我行近的腳步聲，那時你的歡樂聚集在晨之曙光中，而迸裂在光之爆發中。

我愈行近你，海之舞蹈的狂熱愈深。

你的世界是一株多枝椏的光之梗充滿你的雙手，但你的天國卻在我祕密的心裡；牠漸漸地在羞怯的愛中開放花蕾。

82

我獨坐在靜默思想的影子裡，我將說出你的名字。我將不用字眼來說牠，我將無故的說牠。

因為我是像一個小孩成百遍的叫著他的母親，高興他能說「母親」。

83

〔1〕

我覺得所有的星辰照著我。
世界衝入我的生命似洪水。
花卉開放在我體內。
所有水陸的青春似薰香般燻蒸在我心中；萬物的呼吸奏著我的思潮似笛的吹奏。

〔2〕

當世界入眠，我來到你門前。
星星默默無言，我不敢歌唱。
我等待著看守著，直到你的影子經過夜之涼臺，我抱著一顆洋溢的心回來。
於是在晨光裡，我在路旁歌唱；
籬間的花回答我，早晨的空氣在傾聽。

旅客突然停步看看我的臉，以為我呼喚他們的名字。

〔3〕

留我在你門口永遠侍候你的願望，讓我行走在你的國土，接受你的呼喚。
不要讓我沉淪，消失在陰鬱的深淵。
不要讓我的生命被無謂的困乏耗損成碎片。

不要讓這些疑慮包圍我——迷亂的塵埃。
不要讓我追逐許多路徑來聚集成許多物件。
不要讓我的心屈服於許多羈絆。
我是你僕人，我應該得意而勇敢，讓我把我的頭抬高。

84

划手們

你聽到了遠處死亡的喧嚣否。
那大潮與毒霧中的呼聲。
——「船長」呼喊舵夫把船轉向一個未名的岸。
因為那個時期已過去——在港內停滯時期——
那裡同樣的舊貨是買進又賣出作一個無窮的循環。
那裡死東西漂流在真理的潤澤與空虛中。

他們在突然的驚恐中醒來問：「同伴們，敲幾點鐘了？什麼時黎明將破曉？」
煙雲塗抹了星辰——
有誰能見到白晝的招呼之手指？
他們手執划槳跑出來，臥牀是空了，母親作祈禱，妻子守候在門口，

別離的哭聲沖向天空，
而黑暗裡有「船長」的聲音：
「來吧，水手們，停留在港裡的時間已過！」

世界一切黑暗的罪惡氾濫到了岸上，
但是，划手們，你們靈魂上帶著憂患的祝福就位吧！
你們譴責誰，兄弟們？低垂你們的頭吧！
罪孽是你們的亦是我們的。
在上帝心裡幾許時代增加的烈焰——
弱者的懦怯，強者的倨矜，臃腫繁榮的貪得，冤屈者的仇恨，種族的傲慢，還有對
人類的侮辱——
衝破了上帝的和平激盪於暴風雨中。

像成熟的莢，讓風暴把牠的心裂成片片，散布出雷聲來。
停止詆毀與自誇的喧譁。

帶著默禱的平靜在你們額頭，航向那未名的岸。

我們每天知道罪與惡，我們已知道死亡；他們經過我們的世界像煙雲，嘲笑我們於他們瞬息的狂笑。

突然他們停止了，變成一個怪物，

而人類必須站在他們前面說：

「我們不怕你，哦，怪物！因為我們天天征服你而活著，」

「而我們死去也帶著信心，就是『和平』是真理，『善』是真理，而真理是永恆的『一』！」

假使「不滅」不居住死亡的心裡，

假使歡快的智慧花開時不裂開悲哀的鞘，

假使罪惡不死於牠自己的顯露，

假使傲慢不碎於裝飾的重負，

那麼是何方來的這希望，把這些人趕出他們的家，像星辰在晨光裡衝向死亡？

是否殉難者的血，慈母的淚之價值將完全消失在大地的塵埃中，不以他們的代價換得天國？
而當「人」裂開他塵世的繫縛，不是那些「無邊」就顯露了嗎？

85

失敗者之歌

我主命我站在路旁時歌唱「失敗」之歌，因為那是「他」祕密求婚的新娘。
她帶了黑暗的面幕，對人群遮蔽她的臉，但她胸前的寶石在黑暗中閃爍。
她被白晝所遺棄，而上帝的夜晚是等待她，點著燈，花卉被露濕透，準備了露濕的花卉。
她沮喪的眼睛向著地，靜默無言；她離棄她的家在後面，從她家來的是風的號哭。
可是星辰對那為羞恥及受難而甜蜜的臉唱著永恆的戀歌。
寂寞之室的門已開，呼聲已響起，而黑暗的心畏敬地跳動，為了臨近的約會。

86

謝恩

那些人走著倨矜之路，壓碎低微的生命在他們的足步下，用他們血汙的足跡覆蓋大地的嫩綠。

讓他們歡欣，感謝你，主啊，因為今天的勝利是他們的。

但是我卻感謝我地位是與受難及忍受權力的重負之卑微者一起，他們遮掩他們的臉，在黑暗中抑制他們的哽咽。

因為他們苦痛的每一跳，震動在夜之祕密深處，每一侮辱已聚集在你偉大的靜默裡。而明天是他們的。

啊，太陽，升起在流血的心上，開放在早晨的花裡，於是傲慢的縱宴火炬萎縮為灰燼。

頌歌集

泰戈爾 著

糜文開 譯

1

你已使我成為無限，這是你的歡喜。這脆薄的東西，你使它空了再空，而時時充實它以新的生命。

這枝小小的蘆笛，你曾帶著越過許多山嶺與谿谷，用它吹出許多永遠新鮮的曲子。

在你兩手的神聖撫觸下，我的小小的心，銷融在無邊的歡快中，產生說不出的言辭來。

你給我無窮的賜予，只是在我的這雙渺小的手上。年代移轉著，你仍傾注，我仍有地方待充實。

2

當你命令我唱歌時，似乎我的心得意到要迸裂開來，我瞻望你的臉，淚水已含在我的眼眶。

我生命中所有刺耳的，不協調的，都融化成一片美妙的諧音——我的崇拜展開著兩翼，像一隻飛渡海洋的快樂之鳥。

我知道，你從我的歌唱裡得到愉快。我知道，惟有作為一個歌者，我才能來到你面前。

我只有用我歌唱的遠展之翼緣，來撫觸你的腳，那我從來不敢想望觸到的腳。

陶醉於歌唱的歡樂，我忘記了我自己。我的主啊，我竟喚你為朋友。

3

我不知道你怎樣歌唱，我主！在無聲的驚奇中，我兀自諦聽。

你音樂的光照耀世界。你音樂的氣息馳騁在天空之間。你音樂的神聖清溪，衝開一切巖石的障礙，向前奔流。

我的心渴望加入你的歌唱，但掙扎不出一點聲音來。我要說話，而言語不能開放成歌曲，我叫喊不出來。唉，主啊！你已使我的心被俘於你音樂的無邊羅網。

4

我生命的生命，我將永遠努力保持我的身體純潔，我明白你生命的撫摩，正接觸在我四肢上。

我將永遠努力保持我的思想沒有虛妄，我明白你就是在我心中點著理智之光的真理。我將永遠努力驅除一切邪惡遠離我心頭，保持我的愛開花，我明白你已供奉在我心最深處的聖廟裡。

這是我的企圖，把我的行動來顯示你，我明白是你的感召，給我力量去行動。

5

我請求一瞬的寬容，讓我坐在你的旁邊，我手中的工作，讓我等一會再完成。看不見你的容顏，我的心就不知道安寧，也不知道休息，我的工作變成了無邊勞役之海中的無底勤勞。

今天，夏季來到我窗前噓氣和低語；蜜蜂在花樹的庭院彈唱他們的歌曲。現在是靜坐的時間了，面對著你，在這靜寂和舒暢的閒暇中，來唱生命的獻歌。

6

折取這朵小小的花吧，請勿遲延啊！我怕它會凋謝，將掉在塵土裡。

也許它不值得編到你的花環裡去，但還是請用你手的痛楚的一觸來禮遇它。折取它吧，我恐怕在我警覺之前，夜幕降落，奉獻的時間溜過了。雖然它的顏色不深，它的香味不濃，可是，現在還及時，請把這花折下來作你的禮拜之用吧。

7

我的歌使她卸下了裝飾。她沒有了服飾的驕奢。飾物會損壞我們的結合；它們會阻隔在你和我之間；它們的叮噹聲會掩沒你的低語。

我詩人的虛榮心，因羞慚而死在你眼前。哦，詩宗啊，我已坐在你的腳邊。只讓我使我的生活單純正直，像一枝笛，讓你用音樂來充實。

8

小孩子被人用王子的長袍打扮著，用珍珠的項鍊裝飾著，便失去了他遊戲的一切歡快；他的服裝步步牽累住他。

怕這服裝要損壞或給塵土沾汙，他便把他自己隔離世界，連一動也不敢動了。

母親啊，你的華美的束縛，如果禁錮著人使遠隔大地的健康之塵土，如果剝奪了人去到人類共同生活之大集會的入場權，這恐怕不很好吧。

9

哦，傻瓜，想把你自己揹在肩膀上！哦，乞丐，向你自己的門口去求乞！

把你所有的負擔，交給能擔當一切的他底手中吧，永不要惋惜而後顧。

你的慾念的氣息碰觸著這燈，光明便立刻會從燈上熄滅。它是邪惡的——不要用它的不潔的手來拿你的禮物。只有神聖的愛所奉獻的才領受。

10

這是你的腳凳，你息足在最貧窮最卑賤最失意人群的住區。

我想向你鞠躬，我的敬禮不能到達那最深處，那你息足的最貧窮最卑賤最失意人群之中。

你穿著謙遜的衣服步行於最貧窮最卑賤最失意人群中間，傲慢永遠不能臨近那地方。

你同那些沒有朋友的最貧窮最卑賤最失意的人們為友，我的心從來不能找到那地方。

11

放棄這種禮讚的高唱和祈禱的低語吧！你在這門窗緊閉的廟宇之孤寂幽暗的角落裡，正向誰禮拜呢？睜開你的眼看看，上帝並不在你面前啊！

他是在犁耕著堅硬土地的農夫那裡，在敲打石子的築路工人那裡。無論晴朗或陰雨，他總和他們在一起，他的衣服上撒滿著塵埃。脫掉你的聖袍，甚至像他一樣走下塵土滿布的地上來吧！

解脫嗎？什麼地方可以找到這種解脫？我們的主自己高高興興地負起創造的鎖鏈在他身上；他永遠和我們連繫在一起。

放下你供養的香和花，從靜坐沉思中出來吧！你的衣服變成襤褸或被染汙，那又有什麼關係呢？在勞動裡去會見他，和他站在一起，汗流在你額頭。

12

我旅行所佔的時間很長，那旅行的路途也很長。

我坐在光之最初閃耀的車上出來，追趕我的行程，飛越無數世界的洪荒，留下我的轍跡在許多個恆星與行星之上。

這是最遙遠的路程，來到最接近你的地方；這是最複雜的訓練，引向曲調的絕對單純。

旅客須遍叩每一扇遠方的門，才能來到他自己的門；人須遨遊所有外面的世界，最後才能到達那最內的聖殿。

我的眼睛先漂泊著，遙遠而廣闊，最後我閉上眼說：「你原來在這裡！」

叫喊著問道：「啊，在那裡？」這一聲銷溶在千股的淚泉中，和你保證的回答「我在這裡！」的洪水，一起氾濫了世界。

13

我要唱的歌至今尚未唱出。

我化費了我的時日在給我的樂器調理絃索。

拍子還沒有調正，歌辭還沒有填好；只有渴望的苦惱在我心頭。

花朵尚未開放，只有風在嘆息。

我沒有看見他的容顏，也沒有聽見他的聲音；我只從我屋前的途中，聽到他輕緩的步履聲。

整天過去了，只在地板上布置他的座位；可是燈還沒有點亮，我不能請他走進我屋裡來。

我生活在和他會面的想望中，但這會面還沒有實現。

14

我的願望很多，我的哭喊很可憐，可是永遠是你硬心的拒絕拯救了我；這剛強的慈悲已一點一滴地滲透我的生命。

日復一日，你使我值得領受那單純而偉大的賜予，那是你自動給我的——這天空和光，這身體和生命及心靈——從太多願望的危險裡拯救了我。

有些時候我沒精打采地拖延因循，有些時候我警覺地急急尋找我的目標；可是忍心地，你在我前面隱藏了起來。

日復一日，你時常拒絕我，使我值得你來完全的接納，從懦弱動搖的願望中拯救了我。

15

我在這裡為你唱歌。在你這廳堂的一隅，有我的座位。

在你的世界裡我無事可做；我無用的生命，只能無目的地亂哼一些腔調。

當黑暗的殿堂敲著午夜的鐘，為你做起靜默的禮拜來時，我主啊，請吩咐我，來站在你面前歌唱。

當金琴在清晨的空氣中調好時，請給我以榮幸，命令我在場。

16

我接到請帖來參加這世界的慶典，因此我的生命已受賜福。我的眼已見識，我的耳已領受。

在這宴會中來彈奏我的樂器，那是我的份兒，而且我已盡我所能彈奏了。

現在，我要問，是否時間終於來到了嗎？我可以進去瞻仰你的容顏和獻給你我靜默的敬禮了嗎？

17

我只在等著愛，最後把我交在他的手裡。那就是為什麼我遲延了，為什麼我有這種疏忽的罪。

他們用他們的法律和規條來將我緊縛，但我總是躲避他們，因為我只在等著愛，最後把我交在他的手裡。

人們譴責我，說我太隨便；我也相信他們的譴責自有道理。

趕集的日子過了，忙人們的工作都已完畢。那些呼喚不到我的人已憤怒地回去。我只在等著愛，最後把我交在他的手裡。

18

層雲堆積，天在變黑。哦，愛啊，為什麼你讓我獨個兒等候在門外？

中午工作忙碌時我和眾人在一起，但在這昏暗孤寂的日子，我所希望的只有你。

假使你不給我見面，假使你全然拋棄我在一邊，我不曉得我將怎樣度過這悠長的下雨鐘點。

我凝望幽暗的遠天，我飄蕩的心，和不息的風一起在哀泣。

19

假使你不說話，我將把你的靜默充實我的心而忍耐著。有如在星光下守候的夜，我將靜候你，耐心地低著頭。

晨光定會到來，黑暗行將消失，你的聲音將劃破天空，從金流中傾瀉下來。

於是你的言語，將自我的每一個鳥巢中撲翅而唱歌，你的曲調，將在我的所有叢林迸發成花。

20

蓮花開放的那天，唉，我心不在焉，沒有知道這回事。我的花籃空空，那花朵遺留著沒有被注意。

只有憂思時時來襲擊我，我從夢中驚起，覺得南風裡有著奇異芳香的甜蜜蹤跡。

那迷茫的香氣，使我渴念得心痛。這在我彷彿是那夏天急切地呼吸著，在尋求它的完成。

那時我不知道它是這樣近，而且是我自己的，這完美的香氣是在我自己心的深處開放。

21

我一定要放出我的小船。無聊的鐘點在海岸邊度過——唉，我怎麼的！

春天開了他的花離去了。而現在我卻負荷著凋謝的無用之花，在等待，在留連。

浪潮漸漸喧噪起來，在岸上，濃蔭的巷子裡，黃葉且飄落。

你凝望著的是何等空虛！你是否覺得震盪著空氣，有那遙遠的歌聲從彼岸飄來？

22

在這多雨七月的濃影裡，踏著神祕的步子，你走著，如深夜的輕悄，閃避了所有守望的人。

今天，晨光閉著他的眼睛，不睬那喧譁東風的固執叫喊，一張厚厚的紗幕拉上，遮沒了永遠清醒的碧空。

林地靜止了歌聲，每間屋子的門都關著。在這條冷寂的街上，你是唯一的旅客。哦，我的唯一的朋友，我的最親愛的，我屋子的大門開著——請不要像夢一般走了過去。

23

我的朋友，你是在這風雨之夜去到外面趕愛的旅程嗎？天空像一個失望者在哀號。

今夜我沒有睡眠。我時刻打開我的門向外面黑暗裡探視，我的朋友！

我面前看不見什麼，我不知道你走的那條路！

是從黑水河的朦朧之岸邊，是從濃密森林的遙遠邊緣，是穿過那些幽暗的羊腸曲徑，你跨著你的路程到我這裡來嗎？我的朋友！

24

假使白日已盡，假使鳥兒不再歌唱，假使風已疲於飄颺，那末，拉下那黑暗的厚幕，覆蓋在我身上，就像你在薄暮時用睡眠的柔衾裹住了大地，又輕輕地合上那垂蓮的花瓣。

那旅客的行程未達，行囊裏的食物已空，衣裳破爛，滿布塵埃，他已精疲力竭。請解除他的羞愧與困窮，更新他的生命，像一朵花的蔭庇在你仁慈的夜幕下。

25

在這疲乏的夜裡，不須掙扎，讓我把自己交給睡眠，將我的信賴寄託在你身上。

讓我不強迫我萎靡的精神，來勉強準備對你做禮拜。

是你把夜幕拉起，蓋在白晝的倦眼上，使在醒來的清新喜悅中，更新了眼力。

26

他走來坐在我身邊，而我竟沒有清醒。多麼可咒詛的睡眠，啊，可憐的我！

他在靜夜中前來，手裡拿著豎琴，我的夢魂和他的琴音共鳴。

哎喲！為什麼我的夜都這樣蹉跎了？唉，為什麼他的呼吸已接觸了我的睡眠，而我總錯過對他的瞻仰？

27

燈火，啊，燈火在那裡呢？用渴望的熊熊之火點上它吧！

燈在這裡，但從來不曾有一絲火焰的閃耀，——你命該如此嗎，我的心啊！唉，你還不如死了好些！

悲哀來敲你的門，她的訊息說，你的主醒著，他召喚你從夜的黑暗中去赴愛的約會。

濃雲蔽天，雨點不停地下著。我不知道我心裡有什麼在擾動，——我不明白它的意義。

電閃的一霎閃光，拋下在我眼前一重更深的黑暗，我的心摸索著前往夜的音樂在呼喚我的路徑。

燈火，啊，燈火在那裡呢？用渴望的熊熊之火點上它吧！雷聲轟轟風聲呼呼地衝擊過天空。夜黑得像一塊烏石。不要讓時間在黑暗中蹉跎過去。用你的生命點上愛的燈啊！

——28

枷鎖是牢固的，但是當我要把它們打破時，我的心發痛。

自由是我所需求，但是希望獲得它，我覺得羞慚。

我確信那無價之寶掌握在你手裡，而且你又是我最好的朋友，但是我卻捨不得去清除充塞我房間的無用之物。

這披在我身上的是塵垢與死亡之衣，我憎惡它，卻仍戀戀不捨地緊抱它。
我負債甚鉅，我的過失很大，我的恥辱祕密而深重；但是當我前來請求悔改時，我又恐懼戰慄，惟恐我的請求被允准。

29

我用我的名字把他禁閉了起來，他在牢中哭泣。我不斷地忙於砌造這圍牆；當這圍牆一天天的高起來聳入雲霄，它的黑影便把我的真我都遮得看不見了。
我得意於這道圍牆，用泥沙塗抹它，惟恐在這名字上會留下一絲隙縫；我慘淡經營，使我看不見了真我。

30

我獨自出門走上我的赴約之路。是誰在靜寂的黑暗中尾隨著我呢？
我走到旁邊去躲避他的前來，但我避不開他。
他昂首闊步地揚起地上的塵埃；他把我說的每一個字都加上了他的高聲。
他是我的小我，我主，他不知羞恥；但我卻羞於由他隨伴著到你門上來。

31

「囚徒，告訴我，是誰把你束縛？」

「是我的主人，」囚徒說，「我想我的財富與權力，可以擊敗世界上每一個人，我把屬於我國王的財富積聚於我自己的寶庫裡。我昏昏欲睡，我躺在我主的牀上，一覺醒來，發現我已是一個在我自己寶庫的囚徒。」

「囚徒，告訴我是誰鑄成這不可斷的鎖鏈？」

「就是我自己，」囚徒說，「我很小心地鍛鍊這條鏈子。我想我無敵的權力可以拘捕這世界做俘虜，我保有不受阻撓的自由。因此我日夜用烈火與重錘在這鏈子上下工夫。最後工作完成，已成為不可斷的連環，我發現它接合了，已把我自己鎖住。」

32

塵世那些愛我的人們，都用盡方法來掌握我。但你的愛不是那樣的，你的愛比他們的偉大，你使我自由。

惟恐我忘掉他們，他們從來不敢隨便離開我。而你呢，日子一天天的過去，你還不曾露臉。
假使在我的祈禱中不呼喚你，假使我不把你放在心上，你對我的愛依然在等待著我的愛。

33

白天，他們到我屋子裡來說：「我們只想在這裡借用最小的一點地方。」
他們說：「我們有助於你對上帝的禮拜，而且只謙恭地接受我們一份應得的恩典」；
於是他們坐在屋角裡，靜默而謙沖。
可是在夜的黑暗中，我發覺他們闖進我的聖殿，強橫而喧囂，貪婪地從上帝的祭臺上攫取著供品。

34

只要我的一小點尚存，我可以把你稱為我的一切。
只要我意識的一小點尚存，我可以在我的四周感覺到你，我事事請示於你，時時把我的愛奉獻於你。

只要我的一小點尚存，我可以永不隱藏你。
只要我束縛的一小點尚存，那把我被你的意旨所束縛的一小點尚存，你的意旨就在我的生命裡實現——那就是你愛的束縛。

35

在那個地方，心沒有恐怖，頭抬得起來；
在那個地方，智識是自由；
在那個地方，世界不曾被狹窄的家國之牆分裂成碎片；
在那個地方，說話出自真實之深淵；
在那個地方，不懈的努力伸出它的手臂向著「完美」；
在那個地方，理智的清流，不曾迷失在僵化的積習之可怕的不毛沙地；
在那個地方，心靈被你引導前進，成為永遠寬大的思想與行為——
進入那自由的天國，我的父啊，讓我的國家醒來。

36

這是我對你的祈禱，我主——剷除，請剷除我心中貧乏的劣根。
請賜我力量來輕易地負載我的歡樂與憂患。
請賜我力量，使我的愛在服務中得到果實。
請賜我力量，使我永不遺棄貧賤，也永不屈膝於無禮的強權。
請賜我力量，使我的心靈超越於日常瑣務之上。
並請賜我力量，得以用愛來把我的力量投效於你的意旨。

37

我想，我的航行已到達我力量的最後境界之終點——在我面前的路已斷絕，糧食已告罄，已到退居於一個幽靜隱遁之時。
但我發現，你意旨之於我，不知有終點。當舊的歌詞在舌上死亡，新的曲調已從心中迸出；舊的道路雖消失，新的領域已顯露牠的奇蹟。

38

我要你，只要你——讓我的心一再說著這句話，永無窮期。日夜煩擾我的一切慾念，都純然是虛妄與空幻。

有如夜的藏在幽暗中祈求光明，同樣地，在我潛意識的深處，也響出呼聲來——我要你，只要你。

有如暴風的用全力衝擊和平，卻依然尋求和平做它的終點；同樣地，我的反抗衝擊著你的愛，而它的呼聲依舊是——我要你，只要你。

39

當心腸堅硬和焦渴時，請沐我以甘霖。

當優美從生命中失去時，請帶來一陣歌聲。

當紛擾的工作在四周吵鬧著，把我和外界隔離時，我寧靜之主，請降臨我這裡來，帶著你的和平與安息。

當我卑微的心屈躬坐著，關閉在屋角裡，我的國王，請你用國王的儀式，破門而入。

當慾念以誘惑與塵埃把心靈蒙蔽時，哦，神聖的，你是清醒的，請來啊，帶著你的電閃（光明）和雷霆（叱咤）。

40

在我乾枯的心田，我的上帝，一旬復一旬的，盼望那隱藏了的甘霖。地平線上慘酷地成為赤裸——沒有一片柔雲的最薄遮蓋，沒有絲毫遠處有冷雨的跡象。

請送來你的憤怒的風暴，要命的黑暗，假使你願意，以電閃的鞭撻，震懾那天宇，自此極至彼極。

但是請你召回，我主，召回這充滿死寂的炎熱吧，它默默地，苛刻地，殘酷地，以可怖的絕望燒灼人心。

讓慈雲自天空垂下，像父親暴怒的日子，母親淚眼的照顧。

41

你在什麼地方，我的愛人？你躲在他們後面，竟把自己隱藏在陰影中？他們在塵濁的路上，推開你走了過去，不把你放在眼裡。我在這裡等候你，陳列著給你的禮物，好困倦的鐘點。這時過路人來一朵一朵地拿我的花，我的花籃差不多空了。晨光消逝，午刻也過去了。在黃昏的幽暗中，我的眼睛朦朧欲睡，那些回家去的人們，諷示我，譏笑我，使我滿心羞愧，我坐著像一個女丐，拉我的裙來掩住我的臉。

當他們問我要什麼的時候，我眼睛低垂，沒有回答他們。

啊，真的，我怎麼可以告訴他們我是在等候你，而且你也曾答應會來，我又怎麼能夠羞愧於說我的妝奩就是貧窮。唉，我緊握這尊榮在我心頭的祕密中。

我坐在草地上，凝望著天空，夢想你突然降臨的光彩——光焰沖霄，車輦上金旗飛揚，他們站在路邊呆望，他們看著你從車座上走下來把我從塵埃中扶起，坐在你旁邊，這個襤褸的女丐，羞喜交襲得像蔓藤在夏天暖風中搖顫著。

但時間流轉著，依然聽不到你車輪的聲音。好多儀仗的行列在光彩奪目喧鬧呼號中經過了。是不是你只要靜默地站在他們的後面？是不是我只能哭泣著等待，磨折我的心於徒然的渴望呢？

42

在早晨我們低語著要划船出去，只有你和我，世界上不會有人知道這事，知道我們的遨遊是沒有目的地也沒有盡頭的。

在那無邊的大洋中，在你靜聽的微笑中，我的歌音調高揚，似海波般自由，從一切言辭的束縛中得到自由。

是否時間還未到？是否有事還待辦？看啊，黃昏已降臨海岸，在那蒼黃的暮色中，海鳥已成群飛來歸巢。

有誰知道要何時可以解纜，像落日的最後餘光，船兒消失在黑夜中？

43

那天，我沒有準備好等候你來，你卻像平常人一樣不請自來，進到我心中，我還未知道。我的國王，你已經蓋了不朽的印記，在我生命的許多飛逝時光上了。

今天，我偶然照見了你的簽蓋，我發現它們已散亂地混雜在我遺忘了的日常哀樂的回憶一起，被拋擲在塵埃裡。

你沒有鄙夷地轉身背向著我，當我童年時代嬉戲在塵土中；而我在遊戲室裡所聽到的跫然足音，是和群星間的迴響相同的。

44

這是我的歡喜，烏雲逐日，雨隨夏來的時節，在這路邊等候和守望。

從不知的天空帶信來的使者們，向我致候又疾行趕路。我心裡愉快，吹過的風帶來陣陣清香。

這裡，自朝至暮我坐在門前，我知道我會見到你，那快樂的片刻將突然蒞臨。

這時我獨自微笑，我獨自唱歌。同時空氣中也瀰漫著應允的芬芳。

45

你有沒有聽見他的靜靜腳步？來了，他來了，時刻在來。

每一瞬與每一代，每一日與每一夜，來了，他來了，時刻在來。

在許多種情境下，許多隻歌我已唱過，但所有的調子常常宣告：「來了，他來了，時刻在來。」

在晴和四月的芳香日子，經過森林的小徑，他來了，來了，時刻在來。

在七月之夜的陰雨朦朧中，坐著雲霧的雷車，他來了，來了，時刻在來。

在憂患頻仍中，他的腳步，響在我心上，而他腳的黃金之撫觸，使我的歡樂生輝。

46

我不知道從多麼久遠的時候起，你就時常走近來會見我。你的太陽和星辰，永遠不能隱藏你使我看不見。

在許多個清晨和黃昏，我聽見你的足音，你的使者已來到我的心裡祕密地召喚我。

我不知道為什麼今天我的生活完全激動了，一股狂喜的感覺貫穿了我的心頭。

就像結束工作的時間已到，我感覺到在空氣中有你光臨的微香。

47

枉費了幾乎一整夜的工夫等他，又落了空。只怕早晨我正倦乏入睡，他卻突然來到我門前。啊，朋友們，把入口給他開放吧——不要攔阻他。

假使他的步履聲沒有把我驚醒，那末不要叫醒我，我請求你。我希望鳥兒合唱的喧嘩，和晨祭之風的騷擾，不要把我從睡夢中吵醒。讓我安靜地睡著，即使他忽然來到我門前。

啊，我的睡眠，寶貴的睡眠，這睡眠只等著他的撫觸去消失。啊，我閉著的眼睛，只在他微笑的光中才睜開眼瞼，當他站在我面前，有如一個夢從睡眠的黑暗中浮現。讓他成為一切光明和形象在我眼前的最初呈現。讓我喚醒的靈魂之最初歡樂的感動，從他對我的一瞥中到來。

48

清晨的靜海，漾起鳥語的漣漪；傍路的雜花，都呈現愉悅之色；雲霞的隙縫，散射出黃金的財富；可是我們匆忙地奔向我們的前程，何曾加以注意？

我們沒有唱那愉快的歌，也未曾彈奏樂曲；我們沒有去村集作交易；我們不發一語，不展一笑；我們未曾在路上有所逗留。追隨時間的疾逝，我們加速了我們的腳步。

太陽升到中天，斑鳩在蔭翳中和鳴。枯葉在中午的炎風裡急轉而舞，牧童在榕樹蔭裡瞌睡入夢，於是我也在水邊躺下來，攤開我倦怠的四肢在草地上。

我的同伴輕蔑地笑我；他們昂首疾步，急速前進；他們不回顧一下，也不休息一會；他們消失在遠處的青色霧靄中，他們橫斷許多草原，攀越許多山嶺，經過許多遙遠的生疏異域。長征隊的英雄們啊，光榮是屬於你們的，譏笑和責罵鞭策我起來，但我卻沒有反應。我讓我自己沉浸在甘受屈辱的深淵——在一個模糊的歡快之陰影裡。陽光繡成的綠蔭之靜穆，慢慢地籠罩住我的心。我已忘卻旅行的目的，我毫無抵抗地把我的心靈交給影與歌之迷宮。

最後，當我睡醒了睜開眼來，我看見你站在我身邊，我的睡眠沐浴在你的微笑裡，我為什麼要害怕那路途的遙遠與困難，要害怕努力到達你面前的艱苦呢！

49

你從寶座上走下來，站在我茅舍門前。

我正在一隅獨自歌唱，歌聲進入你的耳中。你下來站在我茅舍門前。

在你的大廳裡有很多名家，歌曲不停地在那裡唱著。但這個生手的簡單頌歌，卻叩應了你的愛。一支悲哀的小調，和世界偉大的音樂融合了，帶著一朵鮮花做獎品，你走下來站在我茅舍門前。

50

我在鄉村的小路中沿門行乞，你的金輦從遠處出現，恰像一個炫耀的夢，我驚詫誰是這個王中之王啊！
我的希望高升，我想我的厄運已告終，我佇候著不須請求的施捨，等待那撒布在塵土中的財寶。
車子在我站立的地方停住了。你的視線投在我身上，你帶著笑容走下來。我覺得我今生的幸運畢竟來了。忽然你伸出右手來說，「你有什麼給我呢？」
呵，你開的什麼樣的帝王的玩笑，攤開手掌向一個乞丐求乞！我惶惑，我呆呆地站著，然後從我的佩囊中慢慢地拿出幾小顆穀粒來給你。
但我是怎樣的驚奇啊，當晚上我把佩囊倒空在地板上，我發現一些細小的金粒混在乞得的幾樣粗劣東西中。我痛哭，我多麼願望我慷慨地把我所有的都獻給你啊！

51

黑夜已到。我們白天的工作業經做完。我們以為投宿的客人都來了，村裡的門都關上了。有的人說，國王是要來的。我們笑了笑說道：「不，這是不可能的！」
那邊好像有叩門的聲音，我們說，沒有什麼，這不過是風罷了。我們熄滅了燈躺下睡覺。有的人說：「這是使者！」我們笑了笑說道：「不，這一定是風！」

在死寂的夜裡傳來一種聲音。我們朦朧中以為是遠方的雷聲。地震牆搖，我們在睡夢中受了驚擾。有的人說：「這是車輪的聲音。」我們在昏睡中發出怨言：「不是，這一定是隆隆的雷響！」

鼓聲響起時夜還是漆黑。有聲音喊道：「醒來！不要耽誤了！」我們用手按在心頭，因恐懼而戰慄。有的人說：「看啊，這是國王的旌旗！」我們站起來叫喊：「不能再耽誤了！」

國王已經來了——但是燈在那裡呢？花環在那裡呢？給他坐的寶座在那裡呢？啊，慚愧，啊，太慚愧了！大廳在那裡？擺設又在那裡呢？已有人在說：「叫喊也無用了！空手去歡迎他吧，領進你全無布置的空房裡去吧！」

把門打開，把法螺吹響吧！國王已於深夜降臨我們黑暗淒涼的屋裡來了。空中雷聲吼鳴，閃電使黑暗震顫。拿出你的破蓆鋪在院子裡吧。在可怖之夜，我們的國王同暴風雨一起突然到來了。

——52

我想我應該請求你——但我不敢——請求你項間的玫瑰花環。因此我等待著早晨，想在你離開的時候，從你牀上找些殘片。我像一個乞丐般在黎明時就來尋找，只為著一兩片落下的花瓣。

唉，我啊，我找到了什麼？你留下了什麼愛的紀念品？這不是花，不是香料，不是香水的瓶子，這是你的一把巨大寶劍，火焰般閃光，雷霆般沉重，清晨的朝陽從窗外照在你牀上。晨鳥喳喳喊喊地問：「婦人，你得到了什麼？」不，這不是花，不是香料，不是香水的瓶子——這是你可怕的寶劍。

我坐在窗口沉思，你這是什麼贈品呢。我找不到地方藏放它。我不好意思佩帶它，我是這樣的柔弱，當我抱它在懷裡，它刺傷了我。但這痛楚負擔的榮寵，我還是要銘記在心，這個你的贈品。

從此，我在這世界上不再有恐懼，在我的一切奮鬥中，你將得到勝利。你留下死亡做我的伴侶，我將用我的生命給他加冕。我帶著你的寶劍來斬斷我的束縛，在世界上我不再有恐懼。

從此，我拋棄一切瑣碎的裝飾。我心之主，我不再等待著要什麼而在室隅哭泣，也不再嬌羞畏怯，你已把你的寶劍給我來佩帶，不再要玩偶的裝飾品給我了！

53

你的手鐲真美麗，用星星來鑲嵌，精巧地製成五顏六色的珠寶。但是在我看來，你的寶劍更為美麗，那彎彎的閃光，好像毘濕奴的金翅鳥之展開的雙翼，完美地靜懸在夕陽的忿怒紅光裡。

它顫抖著，像生命受死亡的最後一擊時，在痛苦的昏迷中所發的最後反應；它閃耀著，像存在的純火燒掉塵世官能時的猛烈的一閃。

你的手鐲真美麗，鑲嵌著星辰的珠寶；但是你的寶劍，啊，雷霆之主，是用卓絕的美麗鑄成，使人望之生畏，思之心悸。

54

我沒有向你要求什麼；我沒有對你說出我的名字。當你離開時，我只靜靜地站著。我獨留在樹影橫斜的井邊，婦女們都已頂著盛滿井水的黃色瓦瓶回家了。她們呼喚我：「跟我們一起走吧，早晨已過，快到中午了。」但是，我沮喪地躊躇片刻，又迷失於模糊的沉思中。

你前來時我沒有聽見你的足音。你一雙含愁的眼睛望著我，你的聲音疲弱，低聲說——「啊，我是一個口渴的旅客。」我從夢幻中驚起，把我瓶裡的水傾注到你捧在一起的手掌裡。樹葉在頭頂沙沙地響，杜鵑在隱蔽的幽暗處歌唱，曲徑裡吹送來巴勃拉的花香。

當你問到我的名字，我羞得竟站在那兒連一句話也說不出。真的，我曾替你做了什麼，值得你來掛念呢？但是我幸能給你清水止渴的回憶，將溫馨地依附在我心頭。時光已不早，鳥兒唱出倦聲，尼姆樹葉在頭頂沙沙地響，我坐在那裡，想著，一再想著。

55

倦乏壓在你心頭，瞌睡還在你眼上。

你沒有聽到這句話嗎？「荊棘叢中花盛開」。醒來，哦，醒來吧！莫任光陰蹉跎。

在石徑的盡頭，在未墾的荒寂之鄉，我的朋友獨坐著。不要欺騙他。醒來，哦，醒來吧！

萬一天宇因午日之炙熱而喘息震顫——萬一燃燒的沙地展開它的乾渴的外緣——

在你心的深處，難道沒有歡樂？你的每一聲足音，不將使路之琴迸出痛苦的甜蜜樂曲？

56

你給我的歡樂是這樣的充實，你曾降臨到我處來，哦，你諸天之主，假使你不愛我，誰還能得你愛呢？

你把我作為共享這全部財富的伴侶，你的歡樂，在我心中無止境地戲遊。你的意旨，在我生命中不斷實現。

因此，你這萬王之王，曾把你自己打扮得很美麗的來博取我的心。因此，你的愛銷融在你的愛人的愛中，在那裡，你在兩人的完美結合中顯現。

57

光啊，我的光，充溢世界的光，吻接眼睛的光，芳香心坎的光！

唉，我的愛啊，光舞蹈在我生命的中心；我的愛啊，光敲奏我愛的絃索；天宇開朗，清風狂馳，笑聲響徹大地。

蝴蝶揚帆於光之海。百合與素馨湧現於光之浪的冠部。

光碎成黃金於每朵雲上，我的愛啊，光繽紛地撒布無數珠寶。

樹葉間伸展著愉快，我的愛啊，歡樂無量。天河淹沒了兩岸，喜悅的泛濫四散奔流。

58

讓一切快樂的曲調，都溶合在我最後的歌中——那使大地在極度放逸中湧現青草的快樂，那使生與死兩個孿生兄弟舞遍廣大世界的快樂，那帶著暴風雨來捲掃，帶著笑聲來震撼甦醒一切生命的快樂，那含淚默坐在苦痛所開的紅蓮花上的快樂，那一字不識，便把一切所有拋擲於塵埃中的快樂。

59

是的，我知道，這不是別的，只是你的愛，哦，我心愛的人兒——這在葉上舞蹈的金光，這些駛過天空的閒雲，這把涼爽留在我額頭的過路清風。

晨光已注滿我的眼睛——這是你給我心的訊息。你的容顏俯下，你的眼睛下望著我的眼睛，我的心已撫觸到了你的雙足。

60

與《新月集》〈海邊〉一篇相同，從略。

61

與《新月集》〈泉源〉一篇相同，從略。

62

與《新月集》〈領悟〉一篇相同，從略。

63

你已使我認識我素不相識的朋友。你已在許多別人的家裡給我位子。你已縮短了距離，使生人變成兄弟。

當我離開我熟習的庇護所，我心緒不寧，我忘記那是舊人遷入新居，那裡，你也住著。

透過生與死，不論今生或來世，到處是你引導我，總不離你，你是我無限生命的唯一伴侶，永遠用快樂的帶子，把我心和陌生人的心聯繫在一起。人只要認識了你，便沒有一個是異邦人，也無門戶不開放。哦，准許我的祈禱，准許我在眾生的遊戲中，永不喪失撫觸那「唯一」的福分。

64

在那荒涼河邊斜坡上的長草間，我問她：「姑娘，你用衣服遮著燈，要到那兒去？我的屋裡漆黑而孤寂——把你的燈借給我吧！」她抬起她烏黑的眼睛，從暮色中看著我的臉一會兒。「我到河邊來，」她說：「來把燈盞漂浮在河面上，當日光西沉之時。」我獨自佇立在長草間，望著她燈的怯弱火焰無用地漂流在潮水上。

在集會之夜的靜寂處，我問她：「姑娘，你的燈火都點上了——那末，你帶著這燈到那兒去啊？我的屋裡漆黑而孤寂——把你的燈借給我吧！」她抬起她烏黑的眼睛看著我的臉，猶豫地佇立片刻。最後她說：「我來供奉我的燈給上天。」我佇立著，望著她的燈無用地點燃在天空裡。

在那無月的子夜朦朧中，我問她：「姑娘，你把燈抱在心口做什麼呢？我的屋裡漆黑而孤寂——把你的燈借給我吧！」她站住想了一分鐘，在黑暗中凝視著我的臉。她說，「我帶著我的燈來參加燈節的。」我佇立著，望著她的小燈無用地消失在眾燈之間。

65

從我這生命的滿杯中，你要喝什麼樣的神酒，我的上帝？

你是不是樂意的，經我的眼來觀看你的創作，站在我的耳門口來靜聽你自己的永恆諧音，我的詩人？

你的世界在我的心靈中編填字句，你的歡樂又給字句配上樂曲。在愛之中，你把你自己交給了我，於是從我身上，感覺到你自己的完美之芳香。

66

她一向居留在我生命的深處，居留在那微光的閃爍隱現中；她，從未在晨光中揭開她的面紗。我的上帝，我要把她包在我最後的一支歌裡，作為我最後的禮物獻給你。

無數求愛的話已說過，還是贏不到她；對她伸出渴慕之臂來勸誘也徒然。

我把她保藏在心底，到處雲遊，我生命的榮枯，環繞著她起落。
整個我的思想與行動，我的起居和夢寐，都被她統御了，但她依然分居而獨處。
許多人已叩過我的門來訪問她，但都失望地轉身回去。
在這世界上沒有一個人曾當面見過她，她仍在孤寂中靜候你的賞識。

67

你是天空，你也是窩。
啊，你，美麗的，在窩裡的是你的愛，這愛用顏色、聲音和香氣來圍繞靈魂。
清晨從那邊來了，他右手提著金色花籃，籃裡裝著美麗的花冠，悄悄地去加冕於大地。
黃昏從那邊來了，他越過無人畜牧的荒寂草地，穿過車馬絕跡的小徑，在她的金瓶裡，帶來寧靜的西方大洋之和平涼風。
但是在那邊，那邊展開著廣大無際的天空，潔白的光輝統御著，給靈魂去飛翔。在那邊無晝亦無夜，無形亦無色，而且永遠沒有，永遠沒有一句言語。

68

你的陽光來到我這大地上，伸開手臂整天長日地站在我的門前，要把我眼淚、歎息和歌曲所做的雲霞帶回，放到你的腳邊去。

你非常歡喜，貼緊你綴星的胸，披上這雲霞的衣，變化出無數的式樣和褶紋來，還染上時刻變幻的色彩。

它是這樣的輕巧，這樣的迅捷，這樣的柔弱多淚而暗淡，這是你為什麼愛惜它的原因。哦，你這澄澈無瑕者，這就是為什麼它可以用可憐的陰影遮蓋你懾人的白光了。

69

就是這生命的溪流，日夜奔流過我的血管，奔流過世界，在韻律的節拍裡舞蹈。

就是這同一的生命，快樂地透過大地的塵土，放射出無數片的青草，迸發成繁花密葉的繽紛波紋。

就是這同一的生命，在潮汐漲落中，搖動那生與死的大海搖籃。

我覺得我的四肢受這生命世界的撫觸，而變得光彩。我的自負，是因為時代的脈搏，這時正在我的血液中跳動。

70

是否這歡快的韻律不能使你歡快嗎？不能使你迴旋顛簸，消失破裂在這可怖的歡樂旋轉中嗎？

萬物向前衝馳，不停留也不回顧，任何力量都不能把它們挽回，它們只顧向前衝馳。季節應和著這不停息的急促音樂的步伐，來跳過舞又去了——顏色、音調和香氣，在這充溢的歡樂中，流注成無盡的瀑布，每一瞬間在濺散，在撤退，在死亡。

71

我應該光大自己，周旋肆應，投射彩影於你的光芒上——這就是你的迷妄幻境。你在你自己體內安排一道障壁，用無數不同的音調，來呼喚你被分隔的自身。你這分隔的自身，已在我之中形成。

高歌的迴聲響徹天宇，在多彩的淚與笑，震驚與希望中迴應著；波濤起伏，夢破夢圓。在我之中是你自身的破壞。

你捲起的這重簾幕，是被晝與夜的畫筆，描繪了數不清的花樣的，這幕底後面，你的座位是用奇妙神祕的曲線織成，拋棄了一切端正無味的線條。
你和我的偉麗的展覽已布滿天宇。你和我的歌音，使整個太空顫動，一切時代在你和我的捉迷藏中過去了。

72

就是他，那至真之一，用他看不見的撫觸來覺醒我的靈魂。
就是他，在我這雙眼睛上施他的法術，又快活地把我的心絃彈奏出苦與樂的種種調子來。
就是他，織造金和銀，青和綠的易消失色彩的「摩耶」（魔幻）之衣（來炫惑人），又把他的雙足露出在衣褶的外面，讓我得撫觸而忘我（覺醒）。
日子不斷地來，年代便接連地過去了。就是他，永遠用許多個名字，許多個形式，許多個極樂與深憂，來打動我的心。

73

我須在絕慾自制中得救。在千萬愉快的約束中，我感覺自由的擁抱。
在這瓦罐之中，你時時為我斟上各種不同色香的新酒之滿杯。
我的世界，將用你的火點亮不同的百盞明燈，放到你廟裡的祭臺前來。
不，我將永不關閉我感覺之門。那視之愉快，聽之愉快，觸之愉快，將帶來你的愉快。
是的，我的一切幻想會燃成歡樂的燈彩，我的一切願望，將紅熟成愛之果實。

74

白天過了，暗影籠罩大地。是我拿水瓶到河邊汲水的時候了。
晚風藉流水的悲戚音樂顯示出急切來。噯，這是呼喚我出來到暮色中去啊。靜寂的空巷裡行人絕跡，風刮著，水波在河裡騰躍。
我不知道我是否應該回家去。我不知道我會碰巧遇見什麼人。那邊淺灘的小舟裡，有個不相識的人正在彈琵琶。

75

你的恩賜，給我們世人滿足我們一切的需要，但仍毫未減少的返回到你處。

河流有它每天的工作，匆忙地疾馳過田野與村落；但不斷的流瀉，仍曲折地回來洗濯你的雙足。

花朵用香氣使空氣芬芳；但最後的服務，仍在奉獻給你。

對你的供奉不會使世界貧乏。

從詩人的字句裡，人們摘取他們自己喜歡的意義；但詩句的終極意義是指向於你。

76

日復一日的過去，啊，我的生命之主，我能夠站在你跟前，面對著面嗎？啊，一切世界之主，我能夠恭立在你跟前，面對著面嗎？

在你宏峨的天宇下，莊嚴而靜寂，我能夠以恭敬之心，站在你跟前，面對著面嗎？

在你這個勞碌的世界裡，喧擾著勞役與掙扎。在攘攘的人群中，我能夠站在你跟前，面對著面嗎？

當我現世的工作已做完，啊，萬王之王，我能夠悄悄地一個人站在你跟前，面對著面嗎？

77

我知道你是我的上帝，遠遠地站開著——我沒有知道你就是我自己的，應該走近你。我知道你是我的父親，在你的腳前俯伏——我沒有緊握你的手把你當作我的朋友。我沒有佇候在你降臨的地方，懷抱你在我心頭，把你占有，作為我的伴侶。

你是我兄弟們的兄弟，但是我不睬我的兄弟們，沒有把我的所得分給他們，以為這樣做，才能把我的一切和你分享。

在歡樂和苦痛中，我都沒有站在大眾的一邊，以為這樣做，才能站在你身邊。我畏縮著不肯奉獻我自己的生命，因此我沒有投入生命的洪流。

78

當宇宙初創時，星辰作它們第一次燦爛的照耀，諸神在空中聚會，齊聲唱道：「啊，完美的圖畫！啊，純粹的快樂！」

但有一位突然叫起來——「那邊光鏈上好像有個裂痕，少了一顆星了。」

頓時他們豎琴的金絃斷了，他們的歌聲停了，他們驚惶地喊著——「對了，失蹤的一顆星是最美麗的，她是全天空的光榮！」

從那天起，不斷的找尋她，眾口相傳地說，因她的失去，世界已失去了一種快樂。

只有在夜的最靜寂之時，星辰才現出微笑，互相低語——「枉費的尋覓！無缺的完美正籠蓋著一切！」

79

假使我今生沒有福分見你，那末，就讓我永遠感到恨不相逢的遺憾了——讓我念念不忘，讓我無論在寤寐夢魂之中，都負荷著這悲哀的痛楚。

我的日子，消磨在這個塵世的鬧市，我的雙手，握滿了每日的盈利，讓我永遠感到我是一無所獲——讓我念念不忘，無論在寤寐夢魂之中，都負荷著這悲哀的痛楚。

當我坐在路邊，疲乏而喘息著，當我攤開我的鋪蓋在塵土中，讓我永遠感到這遙遠的路程仍在我前面——讓我念念不忘，無論在寤寐夢魂之中，都負荷著這悲哀的痛楚。

當我的屋子裝飾好了，笛聲和笑聲在裡面響起來，這時讓我永遠感到，我未曾邀請到你駕臨寒舍——讓我念念不忘，無論在寤寐夢魂之中，都負荷著這悲哀的痛楚。

80

我像一片秋天的殘雲，無用地浮遊於天空，哦，我的永遠光華的太陽，你的撫觸尚未消散去我的煙霧，使我與你的光明合一，因此我只計算著與你分離的悠長年月。假使這是你的願望，假使這是你的遊戲，那末，請把我這瞬逝的空虛，施以色彩，飾以黃金，讓它飄向多情的風裡，舒捲成種種的奇觀吧。

還有，當你願意在夜晚終止這遊戲時，我將在黑暗中，或者在潔白晨光的微笑中，在晶瑩透明的清涼中，銷溶散失。

81

在許多閒散的日子裡，我哀傷蹉跎了的光陰。但是我的主啊，光陰並沒有蹉跎。你掌握住了我生平的每一寸光陰。

潛藏在萬物的心坎裡，你培植種子萌芽發葉，蓓蕾綻放花朵，花落結成果實。

我疲乏了，懶懶地躺在床上，想像著一切工作都已停歇。早晨醒來，卻發現我花園裡開滿了奇花異卉。

82

我的主啊，你手裡的時間是無限的。你的分秒是無法計算的。

晝盡夜臨，夜去晝來，時代像花開花落。你知道怎樣來等待。

你的世紀，一個接著一個，來完成一朵小小的野花。

我們的光陰不可蹉跎了，因為沒有時間，我們必須爭取我們的機會。我們太貧苦了，決不可遲到。

因此，我把時間給每一個急切的來要求它的人，時間便溜過，到最後你的祭壇上是空著，沒有一點供物。

到一天的終結時候，我慌忙趕來，誠恐你的門已關上；但我發現還有充裕的時間。

83

母親，我將用我的悲淚給你穿成珍珠的項鍊，掛在你頸上。

許多顆星已製成踝鐲來裝飾你的雙足，但我的珠鍊要掛在你胸前。名利來自你處，把它們贈授或扣留也全憑你。但我這悲哀卻完全是我自己的。當我把它作為我的孝敬來獻給你，你把你的慈愛來報答我。

84

離別的悲愁瀰漫著整個宇宙，在無際的天空，產生無數的情境。

就是這離別的悲愁徹夜靜默地凝望星辰，由閃爍的星辰，變成多雨七月的黑暗中那蕭蕭樹葉間的抒情詩。

就是這瀰漫的悲愁，加深而成為愛與欲，成為人世的苦與樂；而且就是這永遠通過我詩人的心，融化流露成為詩歌。

85

當戰士們最初從他們主人的大殿走出來，他們的威力藏在那裡呢？他們的盔甲和武器藏在那裡呢？

他們看起來是可憐而無助，他們從主人的大殿出來的那一天，箭像雨一般向他們飛射。

當戰士們凱旋歸來，再回到他們主人的大殿裡去，他們的威力藏在那裡呢？他們把刀劍和弓箭一齊放下，和平顯現在他們的眉宇間。他們凱旋歸來，再回到他們主人的大殿裡去，他們留下生命之果在他們的後面了。

86

死，你的侍從，來到我的門口，他遠涉未知的海，傳達你的命令到我家。

漆黑的夜，我心裡很恐怖——但我仍將拿我的燈，開我的門向他鞠躬歡迎。因為站在門口的正是你的使者。

我將含著眼淚合掌禮拜他。把我心之珍寶放在他的腳邊，我禮拜他。

他將完成了使命回去，在我的清晨留下一個暗影；於是在我淒涼的家裡，只有煢獨的自我剩留著，作為獻給你的最後供品。

87

懷著無望的希望，我向我每一隻屋角尋找她，我沒有找到她。

我的屋子很小，一旦丟失什麼，便永遠找不回來。
可是，你的大廈是無邊的，我主，我上你的門來找她了。
我站在你晚空的金幕下，高抬我熱切的眼睛望著你的臉。
我已來到了永恆的邊緣，這裡一切不能隱滅——無論是希望，無論是幸福，無論是透過眼淚見到的一張臉。
啊，把我空虛的生命浸入這大洋吧，投進這最深的完滿吧。讓我在宇宙的完整裡，覺到一次失去的甜蜜撫觸吧。

88

破廟裡的神啊！斷絃的箜篌已不再彈唱你的頌歌。晚鐘也不再宣告禮拜你的時間。在你周圍的空氣是靜寂，是沉默。
你荒涼的寓所，來了蕩漾的春風，它帶來了香花的音訊——這香花的供養，不再奉獻給你了。
你的禮拜者，那些老是漂泊的人，永遠在渴望得到那尚未得到的恩賜。黃昏時分，燈與影掩映在隱約的塵霧中，他疲憊地帶著饑餓在心頭，回到這破廟裡來。

破廟裡的神啊，好多個節日靜悄悄地過去了。好多個禮拜之夜，燈也沒有點上。精巧的藝術家塑造的許多新神像，都依時送到聖河裡湮沒了。只有破廟裡的神，遺留在無人禮拜的不死的冷淡中。

89

我不再高聲說話，吵鬧別人——這是我主的意旨。從今以後，我要低聲細語，我將把我心中的言辭，用輕婉的歌聲表達出來。人們急急忙忙地到國王的市場上去。買賣的人們都在那兒，但我卻在交易正忙的中午，不合時宜地離開那兒。

雖然不是開花季節，可是還讓花朵開在我的花園裡吧；也讓那些中午的蜜蜂去彈奏著懶洋洋的嗡嗡調吧。

我把整個的時間，耗費在善與惡的掙扎中，但是現在是我暇日遊伴的雅興，把我的心引到他那兒。我不知道這突如其來的召喚，會帶給我怎樣的不必要的煩惱！

90

當死神來敲你們的時候，你將把什麼奉獻給他呢？

哦！我將在我的貴賓面前擺下斟滿的生命之杯——我絕不會讓他空手而去。當死神來敲我們的時候，我願把所有我秋日和夏夜的豐美收穫，以及我匆促生命中所貯存獲取的一切，統統都擺在他的面前。

91

哦！你這生命的最後完成者，死神，我的死神，來吧！來向我低語吧！

日復一日地我等待著你，為了你，我忍受著生命中的歡樂和苦痛。

我所存在的一切，所有的一切，所希望的一切，以及我所喜愛的一切，都在祕密的深處向你奔流，經你眼神的最後一瞥，我的生命就永遠歸屬於你了。

花環已經為新郎編紮好，婚禮過後，新娘就要離開她的家，和她的主人在幽靜的夜裡單獨相會了。

92

我知道那一天將會來到，當塵世從我眼中消失，生命將悄悄地告別，在我眼前拉下最後的簾幕。

但是星星將在夜晚守望，朝日仍舊升起，時間像海浪的起伏，掀起歡樂與痛苦。

當我想到我最後的一瞬，時間的隔欄就破裂了，我憑藉著死亡之光，看到了你的世界以及這世界所廢棄的珍寶。它那簡陋的座位，的確罕見，它那平凡不過的生活也是少有的。

我枉自追求想獲得的和已獲得的一切東西——統統讓它們成為過去吧。只讓我真實地掌握那些我一向鄙視和忽略的東西。

93

我已經獲准離開，向我說再見吧，兄弟們！我向你們鞠個躬就啟程了。

在此我交還我門上的鑰匙——並且放棄對我房屋所有的權利，我只要求你們幾句最後的贈言。

我們做過很久的鄰居，但是我所接納的多過我所付出的。現在天已破曉，照亮我黑暗角落的燈盞已熄滅。召令已經來到，我就準備上路了。

94

朋友們！在我動身的一刻，祝我幸運吧！天空晨光璀璨，我的前途是瑰麗的。

不要問我帶些什麼到那邊去。我只是帶著空空的雙手和一顆期待的心跨上我的旅途。

我要戴上我的結婚花冠，我穿的不是旅行者的棕紅外衣，雖然路上危險正多，可是我並不在意。

在我旅程的盡頭，夜晚的星星將會出現，而從王宮的大門裡，將會彈奏出朦朧的淒楚旋律。

95

我並沒有覺察到當我剛跨進這生命門檻的一剎那。

是一種什麼力量使我在這無邊的神妙中開放，像半夜裡森林中的一朵花蕾。

當清晨我看到光明時，我就覺得在這世界上，我並不是個陌生者，因為一種不可思議，無可名狀的東西，已經把我浸潤在慈母般的柔懷裡了。
就是這樣，在死亡裡，這同一不可知的東西，將要像我的舊相識似的出現。因為我愛生命，所以我知道，我將會同樣的愛死亡。
嬰兒會在母親把右乳從他嘴中拉出時啼哭，可是他卻立刻會在左乳上得到安慰。

96

當我離開此地時，就把這作為我的話別詞吧！就是我所看到的，是無比的卓絕的。
我曾嘗過光的海洋上展瓣蓮花的隱藏蜜汁，如此我就被祝福了。——就讓這作為我的話別詞吧！
在這無盡形式的遊樂室裡，我已經遊樂過了，在這裡，我看見了那無形象的他。
我的全身因著無從接觸的他的撫摩而微顫，假若死亡就此來臨，那麼就讓他來好了。——讓這個作為我的話別詞吧！

97

當我同你在一起遊戲時，我從沒問過你是誰，我既不知羞怯也不知害怕，我的生活是騷擾的。
一清早你就如同我的伙伴似的，把我從睡夢中喚醒，帶著我跑過一片片的林野。
在那些日子，我從沒想到去瞭解你對我所唱歌曲的意義。我只是隨聲附和著，我的心隨著節拍而跳舞。
如今，遊樂的日子已經過去，那突然顯現在我眼前的景象是什麼啊？世界俯視著你的雙腳，並和它的靜穆的星群敬畏地站立著。

98

我將用戰利品，用我失敗的花環來裝飾你。逃避不被征服，是我永遠做不到的。
我確切知道我的驕傲將會碰壁，我的生命，將會因著極端的痛苦而炸裂，我的空虛的心，將會像一枝洞簫似的哭訴出哀傷的音調，頑石也會融化成淚水。
我確切知道蓮花那成百的花瓣不會永遠閉合，隱藏在深處的花蜜也將暴露在外。
從蔚藍的天空中，將會有隻眼睛向我凝視，默默地召喚我，沒有任何東西留給我，絕對沒有任何的東西，只有那完全的死亡是我要在你腳下接受的。

99

當我放下舵柄的時候，我就知道該是你來接收它的時候了。該做的事情趕快把他做好，掙扎是沒有用的。

那麼就把手拿開，默默地接受失敗吧！我的心啊，要想到能一直安謐地坐在你的所在地，還算是幸運的。

我的幾盞燈都被陣陣的微風吹熄了。為要把它們重新點起，就一再地忘卻了其他的事情。

這次我要聰明些了，我把蓆子鋪在地板上，坐在黑暗中等待，我的主，隨你的高興吧，任何時候你都可以悄悄地來到這兒坐下。

100

我潛入有形象的海洋的深處，希望撈獲那無形象的完美的珍珠。

我不再划著那受盡風吹雨打的舊船，航行各個港灣。浮沉在海浪中的日子早已過去了。

如今我渴望死到不朽中去。

我要拿著我生命的豎琴，進到那不測深淵旁邊的廣廳，那兒悠揚著沒有聲調的絃音。

我要撥弄我的琴絃，和永恆的曲調應和，當它泣訴出最後哀怨時，我就把我靜默的豎琴放在靜默的腳邊。

101

在我的一生中，我總是用我的詩歌去尋找你。是它們引導著我，從這門到那門，我曾同它們一起去探索我，並且同它們一起尋求著接觸著我的世界。

我所學過的功課，都是這些詩歌教給我的；它們把一些捷徑指示給我，它們把我心靈中地平線上的許多個星星，帶到我的眼前。

它們整天，引導我到那苦樂王國的神祕中，最後，在我旅程終點的黃昏，它們要把我帶到那座王宮的大門前呢？

102

我在眾人面前誇說我認識你。他們在我的作品中看到許多個你的畫像。他們來問我：

「他是誰？」我不知道怎樣回答他們，我說：「我實在說不出來。」他們責罵我，帶著輕蔑的神情走開。而你卻坐在那兒微笑。

我把你的事跡譜成永恆的歌曲。祕密從我心中湧出。他們來問我：「把所有的意思都告訴我吧！」我不知道怎樣回答他們。我說：『啊，誰知道那是什麼意思！」他們笑笑，異常輕蔑地走開。而你卻坐在那兒微笑。

103

我的上帝，在我對你的一次膜拜中，讓我所有的感官都舒展在你的腳下，去接觸這個世界。

在我對你的一次膜拜中，讓我的全副心靈，像七月的濕雲，帶著欲滴的雨水，沉沉下垂般地俯伏在你的門前。

在我對你的一次膜拜中，讓我所有的歌曲，集合起它們不同的調子，聚匯成一股水流，注入寂靜的大海。

在我對你的一次膜拜中，讓我整個的生命，像一群懷鄉的白鶴，日夜兼程飛向它們的山巢般，啟程回到它那永久的家園。

跋

泰戈爾這本詩集是一九一三年諾貝爾文學獎金的得獎作，原名*Gitanjali*，意思是「歌頌的奉獻」，集內共收長短詩歌一〇三篇，大多是對於最高自我（上帝）的企慕與讚美的頌歌，所以譯作《頌歌集》。

一般說來，泰戈爾的作品，受《奧義書》的影響很大，其實他的詩是印度吠陀頌歌以來直到迦比爾 (Kabir)、杜西陀 (Tulsidas) 以及十九世紀的托露達德 (Taru Dutt) 等人的集大成。《頌歌集》裡充滿著許多微妙的神祕的詩篇，他讚美上帝的各種手法和姿態，尤為高超而奇特，讀之令人油然神往。難怪歐美讀者，那麼狂熱地崇拜他的人，那麼醉心地喜愛他的詩。

古印度《奧義書》的學者們隱居山林，探索自我，他們在大自然的薰陶中體會宇宙的真理，達到了超脫的境界。同樣地，泰戈爾得力於《奧義書》的傳承，產生了他的森林哲學和清新詩篇。他在一本書的序文中，敘述《奧義書》的精神說：「雖則這最高自我是不可知、不可思議，但仍可通過自制和學問，用人的自我來實感它，因為兩者最後是一。這樣人從宇宙大力中解脫而成為神志的一部分了。」泰戈爾這本《頌歌集》，就是他「實感」的記錄。

可是泰戈爾對於《奧義書》的成就是不滿意的，他批評《奧義書》的學者們太偏於「理智」，太偏於「個人的完善」，說他們「通過愛與虔誠去接近真理的探索還不夠」。在這本《頌歌集》裡，我們可以看到泰戈爾是怎樣用他的愛與虔誠來通靈。上帝固崇高而威嚴，但最基本的是「愛」，所以他有時也把上帝視作朋友，甚或視作愛人。我國託物言志的詩人，寫給天子的詩往往以男女的愛情來比擬君臣的恩義，這裡更把這種比擬擴充到上帝身上去，因此他的頌神詩也更動人。

因為泰戈爾把握了「愛」，所以他體驗到的神志，使他非但要獲得「個人的完善」，同時也要謀求「社會的福利」，使他以隱士的身分，來做改造社會的工作。

於是在《頌歌集》裡他寫出這樣的詩句：

放棄這種禮讚的高唱和祈禱的低語吧！……睜開你的眼看看，上帝並不在你面前啊！

他是在犁耕著堅硬土地的農夫那裡，在敲打石子的築路工人那裡。無論晴朗或陰雨，他總和他們在一起，他的衣服上撒滿著塵埃。脫掉你的聖袍，甚至像他一樣走下塵土滿布的地上來吧！

……

放下你供養的香和花，從靜坐沉思中出來吧！你的衣服變成襤褸或被染汙，那又有什麼關係呢？在勞動裡去會見他，和他站在一起，汗流在你額頭。

這是泰戈爾詩的終極意義。這是他對印度國家民族最大的貢獻。

我在印度國際大學時曾看到胡適之先生在泰翁六十四歲生日送給他的祝壽詩，題名「回向」，就是讚美他回向民間的。這詩為《胡適文存》及其他任何書中所無，現在一併抄錄在這裡，以供參考：

他從大風雨裡過來，
向最高峰上去了。

山上只有和平，只有美，
沒有風和雨了。

他回頭望著山腳下，
想起了風雨中的同伴，
在那密雲遮著的邨子裡，
忍受那風雨中的沉暗。

他捨不得他們，
但他又怕山下的風和雨。
「也許還下雹哩？」
他在山上自言自語。

他終於下山來了，
向那密雲遮處走。

「管他下雨下雹！
他們受得，我也能受！」

泰戈爾的頌神詩是難譯的，這本集子的初譯稿，大部分完成於八年以前，後來譯全了曾經過兩次潤飾修改，長女榴麗也給我校訂了一遍，還是不能愜意。現在三民書局催著要印行，在百忙中整理出來，再仔細校閱修改了一遍。因為已印的泰翁詩集《漂鳥》、《新月》、《採果》三譯本，得到許多讀者的愛好，雖羞於露面，為答謝讀者的厚意，也只得暫時這樣出版了。

希望能給誦讀此書的人一些幫助，在書後寫上這幾句。

民國四十六年六月七日文開跋於臺北

園丁集

泰戈爾 著　糜文開、裴普賢 譯

序

沈剛伯

靡文開先生在印度時，曾對印度文學下過一番工夫。他翻譯的泰戈爾《漂鳥集》被人們認為比以前的幾種譯本都好，因而頗為暢銷。現在靡先生已經由一隻漂泊的鳥，變成巢居的鳥，其新夫人裴普賢女士在臺大研究並講授國文多年，對英、日文的文藝作品閱讀亦多。她和靡先生既由文字之交，結為連理，更因琴瑟之樂，而益勤寫作；竟於蜜月中，共將泰戈爾的《園丁集》譯出，作為他們同心合作的象徵，並藉示他們願在繆斯領域中，長做園丁的志趣。這比呂東萊之獨成博議，更為雋雅，真算得為今日的藝林添了一段佳話。

目前自由中國的文人都很忙，大半是公事不知從何忙起，家事不知如何忙完——男的忙於生火、掃地，女的忙於洗衣裳、帶孩子——三餐粗飯剛上口，便又要為明天的柴、米、油、鹽打算，忙著寫點東西去換稿費。在這樣心境中寫出來的作品，怕免不了要多少帶些酸氣、辣味；若果硬把溫柔敦厚的傳統尺度拿去衡量它，總會覺得有點不大合式，儘管酸刻而不溫柔，辛辣而欠敦厚的詩文並不見得就不好。今日臺灣的文藝可說是大體正在這種「窮而後工」的病態中發展。

然而糜、裴兩位作家確是例外。他們得天獨厚，竟能相互地浸淫於愛和美之中，而摒除一切人世間的煩惱。惟其如此，纔能體驗出泰戈爾所說萬有的愛和美的真諦，因進而翻譯他對於萬有的愛和美的那些讚頌——經過很親切的揣摩，他們的譯筆自然是信而且達了。我不能作詩，更不會譯詩，實在說不出什麼內行話來譽揚兩位的作品。可是我記得泰戈爾曾說過他的詩在百年之後，仍當有人誦讀；我現在希望，並祝福，這譯本的流傳也會如此。

四十六年七月

譯者弁言

這本詩集是泰戈爾躍登世界文壇的成名作。原係孟加拉文，由他自己譯成英文，於一九一二年攜帶出國，遊歷歐美各邦，大受西方人士的歡迎，因而一舉成名。翌年，他更以《頌歌集》榮獲諾貝爾文學獎金，震驚世界。沉悶的歐美文藝界，吸進了這口新鮮的空氣，頓時頭腦清新，激盪出一股新的潮流來。這兩書影響之大，可想而知。因此，這兩本集子，也最值得我們諷誦研究，細加玩味。據泰戈爾自述，《頌歌集》是純粹的宗教詩，而這本《園丁集》是愛和生的抒情詩。

《頌歌集》的迻譯，很費時費力。現在《園丁集》的翻譯工作，得內子普賢的合作，卻很快就完成了。工作開始時，我們隨意挑一篇各據一原本閉門試譯，再一起拿來仔細比較兩人譯筆的得失，擷取兩方的優點，合鑄成一篇較佳的譯作。後來各選自己喜歡的譯，譯成後互相校訂潤飾。而最後剩下難譯的幾篇，則兩人一同來揣摩研究，解決困難，逐一譯出。這樣興趣很好，不到兩個月，八十五篇全部都譯完。

普賢和我原是臺大文學院的同事，但是我們的認識，卻在沈剛伯先生的家裡，我們的結合，沈夫人是介紹人。《園丁集》的翻譯，是我們婚後第一次的合作，我們恭請沈先生賜撰序文，以留紀念。沈先生在序文中祝福這譯本百年流傳，這是似易而實萬難實現的事，這過高的期望，使我們十分惶恐，不得不把全部譯文再重新推敲一遍，盡其在我，以冀萬一，並誌數語，以表對沈先生闔府的謝忱。

民國四十六年八月文開記於臺北中和鄉

1

侍臣

憐憫你的侍臣吧，女王！

女王

會已開完，我的侍臣們已散，你為什麼來得這樣晚？

侍臣

要你接見別人以後才輪到我。

我來請問，留下了什麼事情，給你最後的侍臣去做。

女王

現在太遲了，你還能希望什麼呢？

侍臣

派我做你花園的園丁。

女王

這是多麼愚蠢啊！

侍臣

我不願幹別種的工作。

我把我的刀槍扔在地下。不要派遣我到遠處的宮庭；不要命令我從事新的征戰。只要求派我做你花園的園丁。

女王

那末你負些什麼責任呢？

侍臣

侍奉你閒暇的時日。

我將使你清晨散步的草徑保持新鮮，在那裡你玉趾的每一腳步都受到繁花的歡迎，受到它們拚命地禮讚歡迎。

我將使你在莎布答巴那樹間盪鞦韆，在那裡，黃昏的早月將掙扎著穿過樹葉來吻你的衣裙。

我將用香油注滿點燃在你牀頭的燈盞，並用檀香和鬱金的軟膏做成奇妙的圖案，來裝飾你的腳凳。

女王

那末你要什麼酬報？

侍臣

容許我握你那嬌嫩如蓮蕾的纖手，把花環戴在你的手腕上；用無憂花瓣的鮮汁塗染你的足掌，而且吻去偶或沾留在那兒的塵土之汙斑。

女王

你的請求我答應了，我的侍臣，你可做我花園的園丁。

2

「啊，詩人！黃昏漸漸臨近了；你的頭髮在轉成灰白。你在孤寂的默想中，可曾聽到來世的訊息？」

詩人說：「是黃昏了，我正諦聽著，因為也許有人會從村莊呼喊，雖則天已很晚。我留意是否年輕的散失之心已相會，兩對熱切的眼，祈求音樂來打破他們的沉默，代他們訴說一番。

假使我坐在生命的海岸上默想死亡與來世，那末，有誰來編製他們熱情的歌曲？」

「黃昏的早星隱沒了。
火葬柴堆的光焰在靜寂的河邊慢慢地熄滅了。
在殘月的清光裡，從荒屋的庭院中傳來豺狼的合唱聲。
假使有個流浪者離開了家來此守望那夜色，低頭諦聽黑暗的喃喃自語聲，假使我關閉著門戶，竟想離開那塵世的羈絆而自求解脫，那末，有誰來向他耳中低語那生命的祕密？」

「我的頭髮轉成灰白，只是小事一件，無足輕重。
我永遠同這村中最年輕的一樣年輕，最年老的一樣年老。
有的人微笑，甜蜜而單純，有的人眼睛裡閃爍著狡黠的目光。
有的人白日裡淚如泉湧，有的人躲在黑地裡吞聲飲泣。
他們都需要我，我無暇去思想來世的一切。
我和每一個人是同年伴，假使我的頭髮灰白了，那算得了什麼一回事？」

3

清晨，我把網撒到海裡去。

從黯黑的深淵，我拖出一些奇異瑰麗的東西——有的像一個明媚的微笑，有的像晶瑩的淚珠的閃耀，有的泛溢著新娘面頰般的紅暈。

當我揹著一天的收穫回家時，我的愛人正坐在花園裡悠閒地撕著一朵花的花瓣兒。

我遲疑了一下，然後把我所有撈獲的東西放到她的腳邊，默默地站在那兒。

她瞥視了一下說：「這是些什麼怪東西？我不知道它們有什麼用處？」

我羞愧得低頭沉思：「這些並不是我去爭鬥來的，也不是從市場上買來的；這些，對於她是不合適的贈禮。」

於是在一夜之間，我把它們一個個地扔到街上去。

早晨，旅客們到來；他們把這些東西撿起帶到遙遠的國度去。

4

啊！為什麼他們把我的房屋建築在通往市場的路邊？

他們把載滿貨物的船隻碇泊在我的樹叢的附近。
他們來來往往，任意游蕩。
我坐在那兒看他們；我的時光就此耗損。
把他們趕走，我做不到，而我的日子就這樣消逝了。

夜晚和白晝，他們的腳步聲在我門旁響著。
我徒然叫喊：「我不認識你們。」
他們之中，有些人我的手指認識，有些我的鼻孔認識，我血管中的血液似乎認識他們，而他們有的卻是我夢幻裡的熟人。
把他們趕走我做不到。我招呼他們，說道：「不論是誰，願意的就到我屋子這兒來吧。是的，來吧！」

清晨，寺院裡響起了鐘聲。
他們手提著筐籃來到了。
他們的兩腳潤紅，臉上映著曦微的晨光。

把他們趕走，我做不到。我招呼他們，說道：「到我的花園來採擷花朵吧。到這兒來吧！」

正午時宮殿的門口響起了銅鑼的聲音。
我不知道為什麼他們放下他們的工作而在我籬邊逡巡。
他們頭髮上的花朵蒼白而枯萎；他們笛子裡發出的音調懶散而低微。
把他們趕走我做不到，我招呼他們，說道：「我這兒的樹蔭很涼爽。來吧，朋友們！」

夜晚，蟋蟀在樹林裡唧唧鳴叫。
那慢步來到我的門前，輕輕叩門的是誰啊？
我模糊地看到他的臉，他一言不發，天空的寂靜籠罩著四周。
把我緘默的來客趕走我做不到，我透過黑暗瞧他的臉，多少酣夢的時刻消逝了。

5

我焦躁，我渴想遙遠的東西。
我的靈魂為熱望碰觸那朦朧遠方的邊緣而出竅。
哦，偉大的遠方，哦，你笛子的熱烈呼喚！
我忘卻，我老是忘卻，我沒有翅膀來飛，我始終被羈留在這個地點。

我熱切，我驚醒，我是一個異域的生客。
你的呼吸對我悄悄地說著一個不可能的希望。
你的言語深獲我心，便像是我自己說的一般。
哦，夢寐求之的遠方，哦，你笛子的熱烈呼喚！
我忘卻，我老是忘卻，我不識路途，我沒有生翼的天馬。

我沒有留意，我是一個在我心中流浪的人。
在陰鬱時刻的晴朗煙霞中，你的多麼廣大的幻影，顯現在天空的一片蔚藍裡！

哦，天涯海角的遠方，哦，你笛子的熱烈呼喚！
我忘卻，我一向忘卻我獨居之屋裡的門戶處處都關閉著！

6

被飼養的鳥住在籠子裡，自由之鳥住在山林中。
牠們在機緣湊巧的時候相會了，那原是命運的安排。
自由鳥高聲喊叫道：「啊！親愛的，讓我們飛到林中去吧！」
籠中鳥悄聲說：「到此地來，讓我們都住在籠子裡吧！」
自由鳥說：「籠子裡那兒有展翼的餘地？」
「啊呀！」籠中鳥喊道：「在天空裡我不知道那兒是棲身之所？」

自由鳥大聲叫道：「親愛的，唱些森林之歌吧！」
籠中鳥說：「坐在我身邊，我教你一些學者的語言。」
林中鳥喊道：「不，啊不！歌曲是永遠不能教的。」
籠中鳥說：「可憐的我，我是不懂森林之歌的呀！」

牠們的愛情因渴慕而熱切增強，然而牠們卻永不能比翼雙飛。
透過籠子的柵欄，牠們相對凝視，可是想彼此瞭解的願望卻是徒然的。
牠們在熱望中撲動雙翅，唱道：「靠得更近些吧，親愛的！」
自由鳥叫道：「這辦不到，我害怕那籠子上關閉著的門扉。」
籠中鳥悄聲說：「啊呀，我的雙翅無力而僵硬了。」

7

哦，母親，年輕王子要打從我們門前經過——今朝我怎能從事於我的工作？
指點我，怎樣梳理我的頭髮；告訴我，穿上什麼新裝。
你為什麼吃驚地瞪著我啊，母親？
我清楚地知道他將不會一顧我的窗子；我知道他將在一轉瞬間便走過我的視線；只剩那消失的橫笛之曲調，遠遠地向我嗚咽泣訴。
但是年輕王子將打從我們門前經過，就為那一剎那我將穿戴我最好的服飾。
哦，母親，年輕王子已經走過我們的門前，朝陽閃耀了他的車輦。

我把我臉上的面紗掠向一邊，我從頸上拉下我紅寶石的項鍊，拋擲在他要經過的路上。

你為什麼吃驚地瞪著我啊，母親？

我清楚地知道他不曾拾起我的項鍊；我知道項鍊碾碎在他的車輪下，剩下一個紅色汙點在塵埃中，而無人知道我的禮物是什麼，也不知道是送給誰的。

但是年輕王子已經走過我們的門前，而我把我胸前的珠寶拋擲在他經過的路上。

8

當燈光在我床頭熄滅時，我和早起的鳥兒一同醒來。

我在蓬鬆的頭髮上戴了新鮮的花冠，坐到我開著的窗口。

在早晨玫瑰色的霧靄裡，年輕的旅客，沿著大路走來。

珍珠項鍊掛在他的頸項上，陽光落在他的皇冠上。他停在我的門前，熱切地高聲問我：「她在那兒？」

為了很怕羞，我難於啟齒說：「她是我，年輕的旅客，她就是我啊。」

時已黃昏，燈盞還未點亮。
我沒精打采地編結著我的髮辮。
在夕陽的紅光中，年輕的旅客，乘著馬車到來。
他的馬匹嘴裡吐著泡沫，他的衣服上撒滿了塵土。
他在我的門口下了車，用一種疲乏的聲音問道：「她在那兒？」
為了很怕羞，我難於啟齒說：「她是我，疲乏的旅客，她就是我啊。」

是一個四月的夜晚，我的房裡點亮了燈。
南來的微風柔和地飄揚，吵鬧的鸚鵡已在籠中瞌睡。
我的胸衣是孔雀頸項的顏色，我的外套有如嫩草般青翠。
我坐在窗口的地板上，凝望著闃無行人的街道。
整個的黑夜，我一直都在低吟：「她是我，失望的旅客，她就是我啊。」

——9

當我在夜裡獨自去赴我愛人的約會，鳥兒不鳴，風兒不動，街道兩旁的房屋悄然靜立。
只有我自己的踝鈴聲一步響似一步，使我自覺羞慚。

當我坐候在我的露臺上諦聽他的足音，林間的樹葉不發蕭蕭之聲，河裡的流水靜止著有如入睡哨兵膝上的寶刀。
只有我自己的心狂跳著——我不知怎樣去平靜它。
當我的愛人到來，坐在我身邊，那時我的身體震顫，我的眼瞼下垂，夜色黝黑而風吹燈滅，雲兒拉上帷幕遮蓋掉星辰。
只有我胸前的珠寶閃耀生光，我不知怎樣去掩蔽它。

—— 10

放下你的工作吧，新娘，聽，客人已經來到了。
你可聽到他不是正在輕輕搖動拴住大門的鎖鏈嗎？
當心不要讓你的腳鐲發出響亮的聲音，你迎迓他的腳步也不要過於急促。
放下你的工作吧，新娘，客人已經在黃昏裡來到了。

不，那不是陰森森的風聲，新娘，不要害怕。
是四月夜晚的滿月；庭院的陰影是暗淡的；頭上的天空是晴朗的。
把面紗蒙在你的臉上吧，如果你一定要那樣做；把燈盞帶到門口去吧，如果你害怕。
不，那不是陰森森的風聲，新娘，不要害怕。

如果你怕羞，就不要同他講話吧；當你迎接他時，站在門的一邊好了。
如果他問你問題，而你願意緘默的話，就不妨默默垂下你的眼睛。
當你手持燈盞引他進來時，不要讓你的手鐲玎玎璫璫。
假如你害羞，就不要同他講話吧。

你還沒完成你的工作嗎，新娘？聽，客人已經來到了。
你還沒點亮牛棚裡的燈盞嗎？
你還沒準備好晚禱時奉獻的花籃嗎？
你還沒在你頭髮的分梳處塗上吉祥紅點嗎？你的晚粧還沒停當嗎？
啊！新娘，你可聽到客人已經來到了嗎？

放下你的工作吧！

11

當你前來，請勿滯留在你的梳妝臺上。
假使你的髮辮鬆散了；假使你分髮的路沒有分直；假使你胸衣上的緞帶沒有繫住，都沒有關係。
當你前來，請勿滯留在你的梳妝臺上。

來吧，用快步越過那草地。
假使你腳上的硃紅因露濕而褪色；假使你踝鈴的聲音不響亮了；假使你項鍊上的珠子脫落了，都沒有關係。
來吧，用快步越過那草地。

你看到那雲霾遮蔽了天空嗎？
鶴群從遠處的河岸飛起，突發的狂風偷襲過荒地。

焦急的牛群奔向牠們村中的牛棚。
你看到那雲靄遮蔽了天空嗎？

你點燃你梳妝臺的燈也徒然——牠在風中搖曳熄滅了。
誰能知道你眼瞼上不曾碰到燈煤呢？因為你的眼睛比雨雲還黑。
你點燃你梳妝臺的燈也徒然——牠熄滅了。

就照你這樣來吧，請勿滯留在你的梳妝臺上。
假使花環還沒有編成，有誰在意呢？假使腕鍊還沒有繫上，那就算了。
天空滿布雲靄——時間已遲了。
就照你這樣來吧；請勿滯留在你的梳妝臺上。

12

如果你願意忙碌，願意灌滿你的水壺，來吧，啊，到我的湖邊來吧。
湖水將親切地偎依在你的腳邊，潺潺地訴說牠的祕密。

欲雨的陰暗籠罩著沙灘，雲層低壓在一排青碧的樹木上，正如眉毛上面覆蓋濃重的頭髮。
我很熟悉你腳步的韻律，牠們在我心坎上拍奏。
來吧，啊，到我的湖邊來吧，如果你一定要灌滿你的水壺。

如果你願意偷懶閒坐，並且讓你的水壺在水上漂浮，來吧，啊，到我的湖邊來吧。
草坡一片碧綠，野花無數。
你的思想將似鳥兒離巢般從你烏溜溜的眸子裡逸出。
你的面紗將落到你的腳邊。
來吧，啊，到我的湖邊來吧，如果你一定要閒坐。

如果你願意丟下你的遊戲，願意在水裡潛游，來吧，啊，到我的湖邊來吧。
把你藍色的斗篷留在湖畔吧；碧綠的湖水將掩藏起你。
波浪將踮起腳尖兒去吻你的頸項，在你耳邊悄聲細語。
來吧，啊，到我的湖邊來吧，如果你願意在水裡潛游。

如果你一定要瘋瘋癲癲，一定要躍向死亡，來吧，啊，到我的湖邊來吧。
湖水冰涼而深不可測。
湖水黑暗像無夢的酣眠。
在湖水的深處，晝夜不分，歌曲就是沉默。
來吧，啊，到我的湖邊來吧，如果你願意投水自盡。

13

我無所要求，就只願站在那兒，站在森林邊緣的樹後面。
黎明的倦眼猶自惺忪，空氣中仍含朝露。
濕草的懶意，懸留在地面上的薄霧中。
在菩提樹下，你用你的柔軟鮮艷如白脫油般的手擠那母牛的乳。
而我兀自站在那兒。

我默不作聲，從林藪傳來看不見的鳥兒之清音。
芒果樹的花兒向村路上飄落，一隻隻的蜜蜂嗡嗡地飛來。

在池塘邊自在天寺的大門敞開著，禮拜者開始了他的諷誦。
你將盆兒放在膝頭張著擠牛乳。
我拿著空罐站在那兒。

我沒有走近你。
廟裡的鑼聲驚醒了天宇。
大路上塵土飛揚，起自被驅牧群的牛蹄。
水聲汩汩的水壺靠在臀部，婦女們自河邊歸來。
你的手鐲兒玎璫，泡沫溢出牛乳瓶外。
清晨將度過，而我沒有走近你。

14

中午已過，竹枝在風中沙沙作響，我躑躅在路旁，不知道為了什麼。
前俯的樹影伸出手臂捉住匆促日光的雙足。
布穀鳥唱厭了牠們的歌曲。

我躑躅路旁，不知道為了什麼。

懸垂的大樹，蔭蔽著水邊的茅舍。
有個人在忙著她的工作，她的手鐲在角落裡奏出音樂來。
我站立在茅舍的門前，不知道為了什麼。
曲折的小徑，通過許多塊芥菜田，許多個芒果林。
它經過村子裡的寺院，碼頭上的市集。
我停留在茅舍的旁邊，不知道為了什麼。

那是多年前，微風飄拂的三月天，春的細語是慵倦的，芒果花正掉落在塵土上。
粼粼的水波急盪，水花舐吻著放在河畔踏級上的銅壺。
我懷念那微風飄拂的三月天，不知道為了什麼。

黑影漸濃，牛羊也回到牠們的欄裡去了。
孤寂的牧場上暮色蒼茫，村裡的人正在岸邊等候渡船。

我慢慢地踱回我的腳步，不知道為了什麼。

15

我飛馳著像一隻麝鹿，因自己的香氣而瘋狂，飛馳於森林的陰影裡。
夜是五月中旬的良夜，風是從南方來的薰風。
我迷途，我漫遊，我尋覓的東西我不能獲得，我獲得的非我所尋覓。

我自己慾望的肖像從我心頭出來舞蹈。
那閃爍的幻象飛翔著。
我想緊緊地握住它，它卻避開我，引我入迷途。
我尋覓的東西我不能獲得；我獲得的非我所尋覓。

16

手挽著手，凝眸相視：如此開始了我們心聲的記錄。
那是三月裡的月明之夜；空氣裡飄蕩著指甲花的芬芳馥郁；我的橫笛被遺忘在地

上，你的花環還沒編好。
你我之間的這種愛情，單純似一支歌曲。

你的鬱金色的面紗使我兩眼迷醉。
你為我編的素馨花環像讚美詞似的使我意亂神迷。
那是一種欲予故奪，欲露而故藏的遊戲；一些微笑，一些輕微的羞怯，還有一些甜蜜的無用的掙扎。
你我之間的這種愛情，單純似一支歌曲。

沒有超越現實的神祕；沒有對不可能的事物的強求；沒有藏在魅力背後的陰影；也沒有在黑暗深處的摸索。
你我之間的這種愛情，單純似一支歌曲。

我們並不離棄一切語言而走入永遠緘默的歧途；我們並不向空虛伸手，去探求超乎希望的事物。

我們所付出的和所獲得的已經足夠。
我們不曾歡樂過度，不致從歡樂中榨出痛苦的醇酒。
你我之間的這種愛情，單純似一支歌曲。

17

黃鳥在樹上唱歌，使我心愉快而舞蹈。
我倆同村而居，這便是我們的一項歡喜。
她寵愛的一對小羊來到我們花園裡樹蔭下吃草。
假使小羊闖入我們的大麥田，我就把它們雙手抱起。
我們村莊的名字叫坎伽那，我們的河被稱為安伽那。
我的名字全村都知道，她的芳名叫蘭伽娜。

我倆之間只隔著一塊田地。
蜜蜂營巢於我們的樹林裡，飛到她們那邊去採蜜。
她們河埠上扔下的花朵，漂浮到我們沐浴的河邊來。

一籃籃乾的古斯姆花從她們的田裡，送到我們的市場上來。
我們村莊的名字叫坎伽那，我們的河被稱為安伽那。
我的名字全村都知道，她的芳名叫蘭伽娜。

通達她屋子彎彎曲曲的小巷，春天有芒果花的芬芳。
當亞麻子在她們的田裡成熟而收穫，大麻在我們的田裡開花。
她們屋頂上的星星微笑著，送給我們同樣一閃閃的眼光。
雨水漲滿了她們的池塘，也愉悅了我們的迦達姆樹林。
我們村莊的名字叫坎伽那，我們的河被稱為安伽那。
我的名字全村都知道，她的芳名叫蘭伽娜。

18

當姊妹倆去汲水時，她們來到這個地方就微笑了。
她們一定覺察到了：每逢她們去汲水，總有個人站在樹木的後方。

當她們經過這個地方，姊妹倆竊竊私語。
她們一定猜到了那個人的祕密，每逢她們去汲水時，他總是站在樹木的後方。

她們的水壺突然傾斜，壺裡的水往外流瀉，當她們來到這個地方。
她們一定發覺那個人在心跳，每逢她們去汲水時，他總是站在樹木的後方。

姊妹倆相視而笑，當她們來到這個地方。
在她們輕捷的腳步裡有一種使那人心迷意亂的歡笑；每逢她們去汲水時，他總是站在樹木的後方。

19

你抱著裝滿的水壺在你的臀上，走過河邊的小徑。
你為什麼迅捷地轉過臉來，透過飄揚的面紗窺視我？
你從黑暗中投到我身上的閃耀的顧盼，像微風透過粼粼水波，送來一陣顫抖而又把牠吹向蔭翳的岸邊。

你投到我身上的顧盼，像黃昏時的飛鳥急速地穿過無燈的房間，從一個開著的窗子進去，從另一窗子飛出，而消失在黑夜裡。
你隱藏著，像星星之在山嶺後面，而我是路上的一個過客。
但是為什麼你停留片刻，透過面紗瞥視我，當你抱著裝滿的水壺在你臀上，走過河邊的小徑？

20

日復一日，他來了又去了。
去吧，朋友，從我的鬢髮上摘下一朵花兒去送給他吧。
如果他問贈者是誰，我懇求你不要告訴他我的名字——因為他只不過是來了又去了。
他坐在樹下的塵土裡。
我的朋友，用花和葉在那兒鋪個坐墊吧。
他的眼神是悲哀的，也給我帶來了悲哀。
他並不訴說他的心事，他只不過來了又去了。

21

在天剛破曉的時候，這個流浪的年輕人，為什麼偏偏來到我的門口呢？
當我出出進進，每次打他身邊經過時，我的眼睛總被他的面孔吸住。
我不知道是應該同他講話呢，還是保持緘默，為什麼他偏偏來到我的門口呢？

七月裡陰沉的夜是黑暗的；秋空的藍色是柔和的；南風薰人的春日是搖神蕩魄的。
每次，他都是用新穎的調子編織他的歌曲。
我放下我的工作而我的眼睛模糊不清，為什麼他偏偏來到我的門口呢？

22

當她快步從我身邊經過時，她的衣裙的邊緣碰觸了我。
從一個心靈的無名島上，吹來一股突如其來的春天裡溫暖的氣息。
衣裙疾速碰觸的飄動拂拭著我，而轉瞬即逝，彷彿那撕碎的花瓣飄蕩在微風裡。
這飄忽的碰觸落在我的心上，彷彿是她肉體的歎息，彷彿是她心靈的低訴。

23

為什麼你只是悠閒地坐在那兒，弄得你的手鐲玎璫作響呢？
灌滿你的水壺吧，是你回家的時候了。

為什麼你只是悠閒地雙手攪動著河水，時而瞥視大路上的什麼人？
灌滿你的水壺回家來吧。

早上的辰光逝去——黝黑的河水奔流不已。
波浪只是悠閒地喧笑著，又竊竊私語。

在那丘陵的彼方，浮雲已聚集在天邊了。
浮雲徘徊留連，只是悠閒地望著你的臉微笑。
灌滿你的水壺回家吧。

24

朋友！不要守住你內心的祕密。
悄悄地告訴我吧，只告訴我一個人。
你，那麼溫和的微笑，輕柔的低語，我的心會聽到，而不是我的耳朵。

夜深了，屋子靜寂，鳥巢也籠罩著睡意。
透過欲泣猶止的眼淚，透過躊躇不決的微笑，透過甜蜜的羞怯和痛苦，把你心中的祕密告訴我，告訴我吧！朋友。

25

「年輕人，到我們這兒來，老老實實地告訴我們，為什麼你眼睛的神態，露著瘋狂？」
「我不知道我喝了一種什麼野罌粟花的酒，使得我的眼睛露著瘋狂。」
「啊！真丟人！」

「噢！有些人是聰明的，有些是愚蠢的，有些人是謹慎的，有些卻是粗心大意的。有些眼睛微笑，有些眼睛流淚——而在我的眼睛裡卻是瘋狂。」

「年輕人，為什麼你一動也不動地站在樹蔭裡？」

「我心裡的重擔使得我的雙腳疲憊，所以我就一動也不動地站在樹蔭裡。」

「啊！真丟人！」

「噢！有些人邁步前進，有些卻徘徊逡巡，有些人自由自在，有些卻被囚禁——而我的雙腳，就因心裡的重擔，覺得步履艱難。」

26

「我接受你自己樂於施捨的，我別無他求。」

「是的，是的，我懂得你，謙遜的乞者，你要求的是人家所有的一切。」

「假使有一朵飄零的落花給我，我將把它戴在我的心上。」

「但是，假使那兒有刺呢？」

「我就忍受。」
「是的，是的，我懂得你，謙遜的乞者，你要求的是人家所有的一切。」
「假使你抬起愛的眼睛看我的臉，那怕只是一次，也將會使我生命甜蜜而置死亡於度外。」
「但是，假使只有些殘酷的眼色呢？」
「我就留著牠們刺穿我的心。」
「是的，是的，我懂得你，謙遜的乞者，你要求的是人家所有的一切。」

27

「相信愛情吧，縱然牠會給你帶來悲辛，不要關上你的心扉。」
「啊不，我的朋友，你的話太曖昧，我不能懂得。」
「我的愛人！心就只是為了帶給別人一滴眼淚，一支歌曲的啊。」
「啊不，我的朋友，你的話太曖昧，我不能懂得。」

「歡樂脆弱得像一顆露珠，當牠笑時牠即死去。然而悲辛卻強韌而堅毅。讓悲辛的愛情在你眼裡清醒！」

「啊不，我的朋友，你的話太曖昧，我不能懂得。」

「蓮花在太陽的青睞中開放，因而失去牠所有的一切。於是，就不會留在無盡的冬日之霧裡含苞待放了。」

「啊不，我的朋友，你的話太曖昧，我不能懂得。」

28

你那探詢的眼睛是悲哀的。牠們想瞭解我的意思，正如月亮之想探測大海的深度。

我已經把我的生活從頭到尾袒露在你眼前，毫無隱蔽，毫無保留。這就是你不瞭解我的緣故。

假使牠只是一塊寶石，我就能把牠剖成一百顆，串成項鍊，戴在你的脖子上。

假使牠只是一朵花，渾圓，玲瓏而又芳香，我就能把牠從花莖上摘下來插在你的頭髮上。

然而，牠是一顆心啊，我的心愛的，那兒是牠的邊兒，那兒是牠的底兒呢？

你不知道這個王國的疆界，可是你仍然是這個王國的皇后。

假使牠只是片刻的歡樂，牠就會在輕盈一笑中綻成花朵，而你就能在這剎那間，看到牠，領會牠。

假使牠僅僅是一種苦痛，牠就會融化成晶瑩的淚水，不用說一句話就能反映出最隱閉的祕密。

然而，牠是愛情啊，我的親愛的。

牠的歡樂和痛苦是無限的，牠的貧乏和富裕是無盡的。

牠像你的生命一般貼近你，但你卻永遠不能完全瞭解牠。

29

對我說吧，我的愛人！把你所唱的用言語告訴我吧。

夜是黑暗的。星星被隱沒在雲層裡。風在樹葉間呼嘯著。

我要讓我的頭髮披散。我的藍色斗篷像黑夜似地把我團團圍住。我要把你的頭抱到我的口；而你就在這甜美的孤寂裡，喃喃訴說你的心事，我會閉目聆聽。我決不凝視你的臉孔。
當你的話說完了，我們就默然靜坐。只有樹木將在黑暗中耳語。
夜將泛白，天就要破曉。我們將凝眸相視，然後分道揚鑣。
對我說吧，我的愛人！把你所唱的用言語告訴我吧。

30

你是我夢幻的天空中飄浮著的晚霞。
我永遠用愛的渴望來描繪和塑造你的形象。
我無窮夢幻中的居住者啊！你是我的心肝，我的心肝啊！

我夕陽之歌的搜集者啊！你的雙足因我心頭欲望的霞光而紅潤。
你的嘴唇因我的痛苦之酒的味道而甜中帶苦。
我孤寂的夢幻中的居住者啊！你是我的心肝，我的心肝啊！

常出沒在我凝眸睇視中的人兒啊，我已用我熱情的陰影遮黑了你的眼睛！

我愛！我已經用音樂之網逮住了你，裹住了你！
我不朽的夢幻中的居住者啊！你是我的心肝，我的心肝啊！

31

我的心是荒野之鳥，在你的雙眸中找到了牠的天空。
牠們是清晨之搖籃，牠們是星星的王國。
我的歌曲消失在牠們的深淵。
讓我只在那天空翱翔，在那天空的孤寂無垠中。
讓我只撥開那天空裡的雲霧，在日光之中展翼翱翔。

32

告訴我這個是否完全真的，我的愛人，告訴我是否真的：
當我的眼睛閃爍出電光，你胸中的烏雲就報之以風暴。
我的嘴唇是否真的像第一次意識到的愛情花苞初放時那麼甜蜜？
是否那逝去的五月之記憶竟還在我手足之間縈繫？

是否我的雙足碰觸大地時，大地竟為之震動得像豎琴般奏出牠的樂歌？
那麼，當黑夜看到我便眼裡落下露珠，晨光圍住了我的身體就歡欣喜悅，這可也是真的？
你的愛情歷盡千年萬代走遍天涯海角來尋找我，這是真的？這可是真的？
那是真的嗎？當你終於找到了我，你那年深月久的熱情就在我溫柔的言談，眼睛，嘴唇和飄散的頭髮裡找到了完滿的安寧？
那麼，宇宙的奧祕就寫在我那渺小的額角上，可也是真的？
告訴我，吾愛，這一切可都是真的？

33

心愛的人兒我愛你，請原諒我的愛情吧。
我像一隻迷失方向的鳥兒，墮入了情網！
當我的心在被震動時，就失落了牠的面紗而袒露無遺。用憐憫蓋住牠，心愛的人兒，並且原諒我的愛情吧。

假使你不能愛我，心愛的人兒，那末就原諒我的痛苦吧。
不要遠遠地對我端詳。
我要悄悄地溜回我的角落，坐在黑暗裡。
我要用雙手遮蓋我赤裸的羞恥。
轉過臉去吧，心愛的人兒，而且原諒我的痛苦吧。

假使你愛我，心愛的人兒，就原諒我的喜悅吧。
當我的心被幸福的浪潮捲走時，不要嘲笑我危險的放肆吧。
當我坐上我的寶座，用愛情的專制統御你，當我像個女神般賜給你我的寵愛時，心愛的人兒，容忍我的驕傲，而且原諒我的喜悅吧。

—— 34

不要離開，我愛，沒有得到我的同意請不要離開。
我已看守了整夜，而今我的雙眼因睏倦而沉重。
我不敢熟睡，唯恐在睡熟時失去了你。

不要離開，我愛，沒有得到我的同意請不要離開。

我驚跳起來，伸手去摸觸你，我自問：「莫非是夢嗎？」
但願我能用我的心纏住你的雙腳，把牠們緊緊擁在我的胸前！
不要離開，我愛，沒有得到我的同意請不要離開！

35

唯恐我太不費事地就懂得了你：所以你故意逗弄我。
你用笑的閃爍來迷眩我，以掩飾你的眼淚。
我知道，我知道你玩的遊戲：
你從來不說出你想說的。

唯恐我不珍愛你，你就千方百計地規避我。
唯恐我把你同群眾混淆：你就站到一邊。
我知道，我知道你玩的遊戲：

你從來不走你想走的路子。

你的要求多過他人，這就是你所以緘默的緣故。
你用玩笑的方式，漫不經心的神情迴避了我的禮物。
我知道，我知道你玩的遊戲：
你從來不接受你想接受的東西。

36

他低聲悄語：「我的愛人，抬起你的眼睛來！」
我嚴厲地呵斥他，我說：「走開！」但他絲毫不動。
他站在我的面前，握住我的雙手。我說：「離開我！」然而他就是不走。
他把臉湊近我的耳朵。我白了他一眼，我說：「真不害臊！」但他並不挪動。
他的嘴唇碰觸我的面頰，我發抖了，我說：「你太放肆了」；但他並不覺得可羞。

他插了一朵花在我的頭髮上，我說：「這是沒有用的」；但他就是站在那兒一動也不動。

他從我的頸項上拿了花環離我而去，我哭泣著捫心自問：「他為什麼不回來呢？」

37

美人兒，把你那鮮花環套在我的頸子上好嗎？

但是你必須知道那個我所編織的花環是為許多人而編的：為那些只在剎那間見得到的人們，那些住在未開發的處女地上的人們，那些生活在詩人的頌歌中的人們。

要求我的心去報答你的，那是太晚了。

曾經有一時期，我的生命像蓓蕾，所有的芳香，都貯藏在核心裡。

可是如今已散布得既遠且廣了。

誰會一種可以把牠重新聚集並封藏起來的魔法呢？

我的心，不是我自己的，我的心是要獻給許多人的。

38

我的愛人，從前你詩人的心湖裡曾航行著一首偉大的史詩。
啊！我一不小心，使牠碰撞了你玎瑲的腳鐲，以致落了個不幸的結局。
牠破碎成零亂殘缺的歌曲，散落在你的腳邊。
我所載運的一切古代戰爭的故事，都被那嘩笑的波浪衝激震蕩，浸透了淚水而沉沒了。
你必須賠償我這損失，我的愛人！
假使我對死後流芳萬世的希望是破滅了，那你就使我在活著的時候不朽吧。
那樣我就不惋惜我的損失也不譴責你了。

39

我整個早上，想要編織一個花環，可是花朵溜滑而紛紛脫落。
你坐在那兒，透過你窺探的眼角偷偷地瞅著我。
問問這對在暗中出壞主意的眸子吧，這到底是誰的過失？

我想唱一支歌，可是唱不成。
一個隱約的微笑在你的唇上顫震，問問牠，我失敗的原因吧。
讓你微笑的嘴唇發誓說：我的聲音如何隱沒在靜默裡，——正如陶醉的蜜蜂隱沒在蓮花裡。

黃昏了，是繁花合攏花瓣的時候了。
允許我坐在你的身邊，並命令我的嘴唇去做在靜默中朦朧的星光下所能做的事吧。

40

當我來向你告別時，一絲懷疑的微笑掠過你的眼睛。
我已經慣常向你告別，所以你認為我不久就回來的。
說實在的，我的心裡也有同樣的懷疑。
因為：一次次春天去了會再來；滿月虧了會再圓；年復一年，花兒謝了也會再開。
那末，我的向你告別也好像只是為了再回到你的身邊來。
但暫時保留這幻想吧，不要粗率地把牠匆匆送走。

當我向你說要永遠離開你時，就把牠當作真話吧，也好讓那迷濛的淚水暫時使你的眼圈更加紅潤。
那末，當我回來時，你再隨心所欲地調笑吧。

41

我渴望著說出那些必須向你傾訴的深情；可是我不敢，因為怕你會笑我。
這就是為什麼我嘲笑自己而玩笑似地損毀我的祕密。
我看輕我的痛苦，因為恐怕你會如此。

我渴望著告訴你那些必須向你傾訴的心曲；可是我不敢，怕你不相信這些話。
這就是為什麼我用謊話來掩飾真意，而說些和本意相違的言詞。
我使我的痛苦顯得荒誕無稽，因為恐怕你會如此。

我渴望把我要對你說的用最高貴的言語說出；可是我不敢，怕的是你不用同等價值的話來回答我。

這就是為什麼我用一些惡名稱呼你，而誇張我冷酷的力量。
我傷你的心，為的是怕你永不懂任何痛苦。

我渴望默坐在你身邊；可是我不敢，生怕我的舌頭會洩露我心裡的情感。
這就是為什麼我喋喋不休信口雌黃，把我的心隱藏在言語的後面。
我粗暴地對待我的痛苦，因為恐怕是你會如此。

我渴望從你身邊逃脫，可是我不敢，因為怕我的怯懦會被你察覺。
這就是為什麼我趾高氣揚而且滿不在乎地來到你的面前。
你那目光不斷地對我刺射，使我的痛苦常新。

42

啊！瘋狂了，酩酊大醉了；
假使你踢開大門在大庭廣眾之中裝傻逗樂；
假使你輕視節儉在一夜之間使得囊空如洗；

假使你在奇妙的幽徑上漫步，玩賞一些無用的東西；
你既不注意韻律也不講求條理；
假使你在暴風中揚帆啟航，卻把船舵折成兩半，
那末，我就學你的樣，同志，喝得爛醉而趨向墮落。

我為陪伴一些穩健聰明的鄰人而浪費了我許多日和夜。
孜孜不倦地研讀使我的頭髮灰白，細心的觀察使我的視力衰退。
多年來我搜羅了聚積了不少殘缺的篇章：
我把牠們撕碎踐踏，我把牠們散布到風中吹得無影無蹤。
因為我知道智慧的登峰造極就是爛醉而趨向墮落。

讓所有不正當的顧慮消失，讓我絕望地迷了我的路途。
讓一陣旋轉的狂風刮來把我從碇泊的地方疾捲而去。
這世界居住著些尊貴的人，一些工作者——他們聰明而又能幹。
有些人很容易地出人頭地，而有些人安分地甘居人後。

讓他們幸福而昌盛，讓我的傻幹無功。
因為我知道，一切的結局就是爛醉而趨於墮落。

我發誓要在此刻把所有的要求聽任體面的上流人物發落。
我放棄那淵博學識的自豪和那明辨是非的驕傲。
我要打破那記憶的瓶子，灑掉我最後一滴眼淚。
我要用漿果紅的美酒泡沫，滋潤激發我的歡笑。
此刻我把這文明而又端莊的標誌撕成粉碎。
我要立下神聖的誓約：我要變得一文不值，爛醉而趨於墮落。

43

不，我的朋友，不管你怎麼說，我將永不成為一個苦行者。
我將永不成為一個苦行者，假使她不和我一起發誓。
那是我堅決的意志，假使我不能找到一個蔭蔽的庇護所，和一個苦行的伴侶，我將永不成為苦行者。

不，我的朋友，我將永不離開我的鍋灶和家庭而退隱到森林獨居，假使歡樂的笑聲不蕩漾在回響的林蔭裡，假使在風中沒有番紅色斗篷的飄颺，假使森林的靜寂不由柔聲細語所加深。

我將永不成為一個苦行者。

44

令人尊敬的先生，饒恕這對罪人吧，春風如今正在狂野地疾捲，捲走了塵土，捲走了枯葉，而你的訓誡也隨著塵土和枯葉消失了。

神父，可別說人生是虛幻的。

因為我們曾一度和死亡休戰，我們倆只是在幾個芬芳的時辰裡得到永生。

即使是國王的軍隊來猛烈地攻擊我們，我們也要悲哀地搖搖我們的頭說：兄弟們，你們在騷擾我們了。假使你們一定要玩這吵鬧的遊戲，就到別處去動你們的干戈吧，因為我們只是在短暫的瞬間得到了永生。

假使是友善的人們把我們團團圍住，我們也會謙遜地向他們鞠躬，說：這種過分的好運氣，對我們是一種困窘。我們所居住的無極的天空裡是沒有多少空餘的。因為在春天的時光裡，繁花叢開，蜜蜂忙碌的翅翼相互碰觸。我們這小小的天國，只住著我們兩個永生者的天國，狹隘得太可笑了啊。

45

祝福那些必須走的客人一路平安，抹掉他們所有的腳印吧。
帶著微笑把一切平易、單純和親切的事物抱在你的懷裡吧。
今天是幽靈的節日，那些幽靈不知何時喪生。
讓你的歡笑只是一種無意義的愉快吧，有如那漣漪上閃耀的波光。
讓你的生命輕盈地在時間的邊緣上跳舞吧，有如那樹葉尖端的露水。
按著你那生硬斷續而瞬逝的韻律，彈奏你的琴絃吧。

46

你丟下我就走了。

我想我應該為你哀傷，應該在我那黃金之歌曲譜成的心裡安置你孤獨的肖像。但是，我不幸的命運，時光是短促的啊！

青春年復一年的消逝；春天的日子是溜走了；嬌弱的花朵無端凋謝。聰明的人警告我：生命僅只是蓮葉上的一顆露珠。難道我應該忽視這一切，而去對一個不理睬我的人凝眸而望？那真是鹵莽而愚蠢了，因為時光是短促的啊！

那末，來吧，我的多雨的夜晚，你帶著淅瀝的腳步來吧；微笑吧，我的金黃色的秋日；來吧，什麼都不介意的四月，散布你的香吻，到各方去吧。你來吧，還有你，還有你也來吧！我的愛人們，你們知道我們都是總有一死的凡人，難道為一個取去她的心的人而柔腸寸斷是聰明的嗎？因為時光是短促的啊！

坐在角落裡默想你是我整個的天地，並且寫成鏗鏘的詩篇，那是甜美的事。

懷抱著個人的憂傷而決心不接受任何人的安慰，那是英雄的氣概。
可是在我的門口出現了一張新鮮的臉，他抬頭和我四目相對了。
我不得不拭去我的眼淚，更換我的曲調了。
因為時光是短促的啊！

47

假使你的意思要這樣，我就結束我的歌唱。
假使我的呆望使你心煩，我就從你臉上將我的視線移開。
假使我在你的小路上使你驟然吃驚，我就走在一邊，取道另一小徑。
假使在你編織花朵時我給了你擾亂，我就避開你那孤寂的花園。
假使這樣河水會撒野而放蕩，我就不把我的小船划進你的堤塘。

48

把我從你那溫柔鄉的束縛中解放吧，我的愛人！不要再給我灌一些香吻的迷湯了。
這濃重的薰香之霧，窒息了我的心。

打開門扉，迎接晨光入室吧！
我被你用愛撫的包袱裹住而銷魂蝕骨了。
把我從你的魅惑中解放吧，還給我男子氣概，讓我奉獻給你一顆自由之心吧！

49

我握著她的雙手，把她緊壓在我的胸口。
我想以她的美麗來豐富我的雙臂，以接吻掠奪她的甜笑，以我的眼睛去暢飲她那曖昧的顧盼。
啊！可是，她在那兒呢？誰能掠奪天空的蔚藍呢？
我想抓住美麗；但牠躲避了我，只留下軀殼在我手裡。
我挫敗，我疲乏，我回來了。
軀殼怎能接觸那只有靈魂可以接觸的花朵呢？

50

親愛的，我的心日夜地渴望著同你相會——因為這相會像能吞滅一切的死亡。

如同一陣狂風似地把我捲走；拿去我所有的物件。破碎我的睡眠，奪去我的夢，劫走我整個的世界。
在這浩劫中，在這精神的完全裸露中，讓我們在美麗中融合為一體吧！
我的枉費的願望啊！除了在你那兒，何處是融合為一的希望呢？我的上帝！

51

那末，唱完最後一支歌，讓我們離開吧。
當不再有夜的時候，忘掉這一夜吧。
我想擁抱在兩臂中的人兒是誰呢？夢是永遠捕捉不住的啊！
我熱切的雙手把空虛擁抱到我的心頭，而牠損傷了我的胸膛。

52

為什麼燈盞熄滅了？
我用斗篷把牠遮住，免被風吹，這就是為什麼燈盞會熄滅！

為什麼花朵枯萎了？
我用熱切的愛把牠緊擁向我的心頭，這就是為什麼花朵會枯萎！
為什麼河流乾涸了？
我橫跨著築了個堤壩以便我用，這就是為什麼河流會乾涸！
為什麼琴絃綳斷了？
我硬要彈出一個絃索不能勝任的音調，這就是為什麼琴絃會綳斷！

53

你為什麼使一個眼色令我蒙受羞辱？
我並沒有像個乞丐一樣闖上門來。
我只是在你的花園籬笆外庭院的盡頭站了一會兒罷了。
為什麼你使一個眼色令我蒙受羞辱？

我沒有從你花園裡採擷一朵玫瑰花，摘下一隻水果。
我謙遜地在路邊的樹蔭下尋求我的庇護，那每個陌生的旅客都可駐足的地方。
我並沒採擷一朵玫瑰花啊。

是的，我的兩腳已疲乏，驟雨又傾盆而下。
風在搖擺著的竹枝中叫嘯。
雲馳過天空正如從敗亡中逃走。
我的兩腳已疲乏。

我並不知道你對我想些什麼，也不知道你站在門口等待著什麼人。
電光的閃爍迷眩了你守望的眼睛。
我怎能知道你還能看得見站在黑暗中的我呢？
我不知道你對我想些什麼。

這一天是結束了，雨已停了一會兒了。

我離開你花園盡頭的樹蔭，離開我原先草地上的那個座位。
天黑下來了；關上你的門；我走我的路。
這一天便完了。

54

在這樣的深晚，市場已經收市了，你提著籃子匆匆忙忙地往那兒去呢？
他們都已背負著重擔回家了；而月亮從村樹的上方往下窺視。
呼喊渡船的回音越過黑暗的水面，飄向遠遠的野鴨睡眠的沼澤地帶。
市場已經收市了，你提著籃子匆匆忙忙地往那兒去呢？
睡神把她的手指放在大地的眼睛上了。
烏鴉的窩巢已寂然無聲，竹葉的悉索也已靜止。
從田野歸來的勞動者們在庭院裡鋪開了蓆子。
市場已經收市了，你提著籃子匆匆忙忙地往那兒去呢？

55

當你去時，日正當中。
天空裡的太陽是酷熱的。
當你去時我已做好了我的工作，而獨坐在我的陽臺上。

忽起忽止的狂風穿過若干遠方田地的芳香，飄揚過來。
鴿子在樹蔭下不倦地咕咕啼叫，一隻闖進我房裡來的蜜蜂，嗡嗡地訴說遠方田地的消息。

村莊在正午的燠熱裡沉入睡鄉，大路被遺棄地橫陳在那兒。
在偶發的激動中，樹葉的沙沙聲響起而又消滅。
在正午的燠熱裡，村莊沉入睡鄉的時候，我凝望天空，在蔚藍的穹蒼裡編織我熟悉的那個人的名字。

我已忘記了編結我的辮子，慵倦的微風在我面頰上玩弄我的頭髮。
樹蔭遮蔽的河岸下，河水在平靜地流著。
懶洋洋的白雲一動也不動。
我已忘記了編結我的辮子。

當你去時日正當中。
路上的塵土是熱的，而田野在喘氣。
鴿子在茂密的樹葉中咕咕地叫。
當你去時我獨自坐在我的陽臺上。

——56

我是許多個忙於卑賤的日常家務的婦女之一。
為什麼你單單把我挑選出來，把我從我們共同生活的涼爽蔭蔽處帶走呢？
沒有表明出來的愛情是神聖的。牠在隱蔽著的內心深處像寶石般閃耀。牠在奇妙的白晝的光輝裡，顯得是可憐地晦暗。

啊！你穿破了我的心扉，把我顫抖著的愛情拖到公共的場所，永遠地破壞了牠那安巢的蔭蔽角落。

別的婦女們還和平常一樣。

沒有一人曾窺視到她們內心的最深處，就連她們本人也不知道自己的祕密。

她們輕輕地微笑，低低地哭泣，她們閒談和工作，每天到廟裡去參拜，每天點燃她們的燈盞，每天到河邊去汲水。

我希望我的愛情能免於暴露在外的發抖的羞恥，而你卻轉過你的臉去。

是的，你的道路展開在你的面前，但你卻切斷了我的歸途，丟下我一絲不掛地面對著那世界，那日夜以沒有眼瞼的眼睛注視著的世界。

57

我採摘你的花兒，哦，世界！

我把這花兒緊抱在我心頭，尖刺戳痛了我。
當晝盡天黑，我發覺花兒已枯萎，但疼痛仍在我心頭。

世界啊！將有更多的花帶給你芬芳和驕傲。
可是在我，採集花兒的時機已過，度過這黑暗的長夜，我沒有我的玫瑰，只有苦痛留在我心頭。

—— 58

一天清晨，在花圃裡，一個瞎眼的女孩兒來獻給我用一片荷葉蓋著的花環。
我把牠帶在我的頸子上，淚水就湧到我的眼裡。
我吻她，並說：「你竟和這些花朵同樣地盲目啊。」
「你，連你自己也不知道你的禮物是多麼地美麗。」

—— 59

女人啊，你不僅是上帝的傑作，男子們也完成了你，從他們的心頭，永賦你以美麗。

詩人們用想像的金絲給你織網；畫師們從永新的不朽給你繪像。
海洋給你珍珠，礦山給你黃金，夏天的花園給你鮮花，來裝飾你，穿戴你，來使你格外高貴。
男子們心頭的欲望放射出榮耀來籠罩你的青春。
你一半是女人，一半是夢。

60

雕刻在石頭上的美神啊，在人生的匆忙和喧囂裡，你站著：沉默而安靜，孤獨而超逸。
偉大的時間之神，迷戀地坐在你的腳邊喃喃而語：
「說話呀，對我說話呀，我的親愛的：說吧，我的新娘！」
但是你的言詞卻封閉在石頭裡，啊，不為所動的美神啊！

61

平靜些，我的心，讓別離的時間成為甜蜜。

讓這不成為死亡，而只是完成圓滿。
讓愛融為紀念，苦痛化成歌曲。
讓飛行掠過天空，終結於歸巢的斂翼。
讓你手的最後撫觸溫柔像夜之花朵。
哦，美麗的終結，請站住一會兒，輕聲地說你最後的話。
我向你鞠躬，拿起我的燈來給你照路。

62

在夢中的一條幽暗小徑上，我去尋找前生屬於我的愛人。
她的住宅坐落在一條荒涼街道的盡頭。
在黃昏的微風裡，她那寵愛的孔雀停在棲木上打盹，而鴿子靜靜地躲在牠們的角落裡。
她把燈盞放在門口，她站到我的面前。
她抬起她那對大眼望著我的臉，無聲地問道：「你好嗎？我的朋友！」

我試著去回答，但是我們的語言已經失落而遺忘。
我想了又想；腦海中再也想不起我們的名字。
淚光閃耀在她的眼裡，她向我伸出她的右手，我握住牠靜靜地站著。
我們的燈盞在黃昏的微風裡搖曳而熄滅。

63

旅人，你一定得走嗎？
夜是靜寂的，黑暗暈倒在樹林上。
我們陽臺上的燈盞是輝煌的，花朵都是鮮麗的，年輕人的眼睛仍然清醒著。
是到了你離開的時候了嗎？
旅人啊，你一定得走嗎？

我們沒有用懇求的手臂抱住你的雙腳。
你的門戶是開著的，你的馬已上了鞍站在門口。

假使我們曾想禁止你通行，那只是用我們的歌曲。
我們的確曾想把你拉回來，那也只是用我們的眼神。
旅人，我們無力留住你，我們只有我們的眼淚。

是什麼不滅的火在你眼睛裡發光？
是什麼不安的狂熱在你血管裡沸騰？
黑暗裡有什麼呼喚在驅策你？
你在天空的繁星中讀到了什麼可怖的咒語，黑夜就帶著封緘的祕密文件靜默而奇異地進入你的心？
假使你不在乎歡樂的聚會，假使你一定要平安寧靜，疲倦的心啊，我們就熄掉我們的燈，也停奏我們的豎琴。
我們就靜坐在黑暗中的樹葉蕭蕭聲裡，慵倦的月亮將把她清淡的光華灑在你的窗子上。
啊，旅人啊！是什麼不眠的精靈從子夜的心裡觸動了你？

64

我在大路的灼熱塵土中，消磨我的白晝。
如今，在黃昏的涼爽中，我來敲叩客棧的大門。客棧已荒涼而頹廢了。
一株猙獰的阿剎斯樹，從牆壁的裂縫裡伸出牠饑餓的抓緊的樹根。

曾經有過這樣的日子：那時候旅客們到此地來洗濯他們疲倦的腳。
他們在初昇的朦朧月光下，把蓆子鋪展在庭院裡，坐下來談談遠方異域。
清晨，他們神清氣爽地醒來，鳥雀使他們歡悅，友愛的花朵在路邊向他們點頭。

可是，當我來到此地時，沒有點亮的燈盞在等我。
若干個被遺忘了的夜晚的燈盞，留下了黑色的薰煙，那薰煙像些盲人的眼睛，從牆壁上瞪目凝視。
螢火蟲在涸池邊的叢莽裡飛舞，竹枝把陰影投射到長滿青草的小徑上。
我是個在我白晝盡頭的沒有主人的來客。

我已疲倦，漫漫長夜擺在我的面前。

65

那又是你的呼喚嗎？
黃昏已來臨，疲倦親切地環繞著我像求愛的雙臂。
你呼喚我嗎？
我已經把我整個的白晝奉獻給你了，殘酷的愛人！難道你一定還要劫奪我的夜晚嗎？
任何事物都有一個盡頭，而黑夜的孤寂卻是屬於一個人自己的。
你的聲音一定要戳穿黑夜的孤寂而向我襲擊嗎？

難道黃昏沒有把睡眠的音樂留在你的門口嗎？
難道帶著無聲翅翼的星星從不攀登到你無情之塔的上空嗎？
難道你花園裡的繁花從不在柔和的死亡裡落入塵土嗎？

你一定得呼喚我嗎？你這不安靜的人兒？
那末就讓悲傷的愛情之眼徒然地守望而哭泣吧。
就讓燈盞在孤寂的屋子裡燃燒吧。
讓渡船載著疲憊的勞動者們回家吧。
我把夢留在後面趕緊去奔赴你的呼喚。

66

一個流浪的瘋子，在尋找點金石，他，蓬亂的頭髮，黃褐而塵垢，身體消瘦得成了個影子。他的嘴唇緊閉，正如他那關閉著的心扉，他那燃燒著的眼睛，恰似尋找著伴侶的螢火蟲的燈盞。

無垠的大海在他面前怒吼。

饒舌的波浪滔滔不絕地談論那蘊藏著的寶藏，嘲笑那些不懂得牠們語意的笨伯。

也許他現在已不存有什麼希望，但他並不罷休，因為尋找已成為他的生命——

正如同海洋為了向空中去探求那不可得到的東西，永遠伸著牠的手臂——

正如同星群循環地運行，在尋找一個永遠達不到的目的——

即使如此，這帶著塵垢黃褐亂髮的瘋子，仍然徘徊在孤寂的海灘上尋找那點金石。

一天，一個村童跑來問道：「告訴我，你是從那兒得來繫在你腰際的金鍊？」

瘋子吃了一驚——這個原來是鐵的鍊子如今的確是金的了；這並不是一個夢，但他卻不知道這鍊子是在什麼時候改變的。

他瘋狂地拍著他的額頭——在那兒，啊！是在那兒他竟毫不知情地已獲得了成功？

那已經成了一種習慣了，撿起石子，碰一碰鍊子，他不去看看是否已有什麼變化就又把石子扔掉；瘋子就是這樣把那點金石獲而復失。

太陽正在低低地向西方沉落，天空呈現著金色。

瘋子走向回路，重新去尋找那丟失了的寶物，他已精疲力盡，彎腰駝背，心灰意冷，像一棵連根拔出的樹木。

67

雖然黃昏姍姍而來，已經示意一切歌曲都要停止；

雖然你的夥伴們都已回去休息，而你也是疲倦的；
雖然恐懼在黑暗裡孵育，而天空的臉也蒙上了面紗；
可是，鳥兒，啊！我的鳥兒啊，聽我說，請不要收斂起你的雙翼。

那不是林中樹葉的幽暗，那是像一條深黑色的蛇似地在起伏著的大海。
那不是盛開的素馨花的舞蹈，那是閃光的水泡。
啊，那兒是有陽光的翠堤？那兒是你的窩巢？
鳥兒，啊，我的鳥兒啊，聽我說，請不要收斂起你的雙翼。

孤寂的夜躺在你的路上，黎明在朦朧的山嶺後面睡覺。
星星摒著呼吸在計算時辰，微弱的月亮在深夜裡浮沉。
鳥兒，啊！我的鳥兒啊，聽我說，請不要收斂起你的雙翼。

對於你，沒有希望，沒有恐懼。
沒有言辭，沒有低訴，沒有呼喚，

沒有家，沒有歇息的牀鋪。
只有你自己的雙翼和無路的空際。
鳥兒，啊，我的鳥兒啊，聽我說，請不要收斂起你的雙翼。

68

沒有一個人長生不老，兄弟，而且也沒有一件東西是永久存在的，把這銘記心頭而歡快吧！
我們的一生並不是一個古老的負荷，我們的道路也並不是一條漫長的旅程。
一個唯一的詩人用不著唱一支古老的歌。
花朵枯萎而凋謝；然而戴花的人卻用不著永遠去為牠悲傷。
兄弟，把這銘記心頭而歡快吧！

必須要有完全的休止符，才能譜成完美的音樂。
人生向落日沉淪，為了淹沒到黃金色的陰影裡去。
必須把愛情從嬉戲中喚回，去啜飲煩惱的酒，並把牠帶到淚之天國。

兄弟，把這銘記心頭而歡快吧！

我們趕緊去採集鮮花，唯恐牠們被過路的風掠奪。
乘機捉住那稍遲即逝的吻，可以促進我們的血液，光亮我們的眼睛。
我們的生活是熱情的，我們的願望是強烈的，因為時間在敲著別離的鐘。
兄弟，把這銘記心頭而歡快吧！

我們沒有時間把一樣東西抓住敲碎，而再把牠扔到塵土裡去。
一個個的時辰，迅速地消逝，把牠們的夢隱藏在裙子裡。
我們的生命是短促的；牠只許可我們幾天戀愛的日子。
假使生命是為了工作和苦役，牠就會無盡地延長了。
兄弟，把這銘記心頭而歡快吧！

美對我們是甜蜜的，因為牠同我們的生命按著同樣疾速的調子一起跳舞。
知識對我們是寶貴的，因為我們永遠沒有時間去使牠完滿。

一切都是在永生的天國做好而完成的。
但是大地的幻想之花是由死亡保存永新的。
兄弟，把這銘記心頭而歡快吧！

69

我追捕金鹿。
你也許要笑我，我的朋友，可是我仍追蹤那躲避我的幻象。
我奔越過山嶺和谿谷，我浪遊過一些無名的鄉土，因為我是在追捕那金鹿。
你來到市場上採購，並滿載而歸，可是我卻不知在何時何地，已被那無家可歸之風的魔力所接觸。
我心裡沒有什麼牽掛；我已把我所有的一切遠遠地留在我的身後。
我奔越過山嶺和谿谷，我浪遊過一些無名的鄉土——因為我是在追捕著金鹿。

70

記得在我童年的一天，我曾在一條水溝裡漂浮著一隻紙船。

那是七月裡一個潮濕天氣；我獨自一人，玩得很是開心。
我在水溝裡漂浮著我的紙船。

驟然間陰霾密集，狂風突起，大雨如注。
小溪中的濁流洶湧，漲滿了水溝，沉沒了我的船。
我內心傷痛地思忖：暴風雨是故意來毀壞我的歡樂的；牠所有的惡意都是沖我而發的。

如今七月裡陰沉的日子是漫長的，我一直在想念著一生裡，我做了失敗者的那些玩意。
我正譴責命運在我身上玩弄的許多詭計，當我突然想起了那沉沒到水溝裡的紙船。

71

這一天還沒過完，市集，那河邊上的市集，也還沒收市。
我已經擔心我的時間被浪費，而最後的一文錢也遺失了。
可是，不，我的兄弟，我仍然還有點東西留下。我的命運並沒騙走了我的一切。

買和賣都已結束。
雙方所應得的東西都已經收好，是我回家的時候了。
可是，守門人，你要索取過路費嗎？
不要怕，我仍然有點東西留下，我的命運並沒騙走了我的一切。

風的暫停令人擔心風暴的即將來臨，西方低垂的雲層也不是好的預兆。
靜靜的流水在等候著狂風。
我得趕緊渡過河去，在黑夜追及我之前。
啊，擺渡的人啊，你要收你的過河費！
是的，兄弟，我仍然有點東西留下，我的命運並沒騙走了我的一切。

在路邊樹下坐著乞丐，啊呀！他抱著一種膽怯的希望瞧我的臉呢！
他以為我因一天的獲益而致富了。
是的，兄弟，我仍然有點東西留下。我的命運並沒騙走了我的一切。

夜已墨黑，道路孤寂。螢火蟲閃爍在樹葉中。
你是誰？踏著悄悄的靜靜的腳步跟隨著我？
啊！我知道了，那是你想劫奪我掙得的一切財物的企圖啊，我一定不使你失望！
因為我仍然有點東西留下，我的命運並沒騙走了我的一切。

午夜時分我到達了家，我兩手空空。
你正以焦急的眼睛在我門口等候，不寢不寐，靜默無語。
像一隻膽怯的鳥兒，你懷著熱烈的愛情飛到我的胸際。
唉，唉，我的上帝啊，還留著不少的東西呢，我的命運並沒騙走了我的一切。

72

經過許多辛勞的日子，我造起了一座廟宇，牠沒有門也沒有窗，牆壁是用巨大的石頭厚厚砌成的。
我忘卻其他一切，我遠避整個世界，我在狂喜的沉思裡凝視我安置在祭壇上的塑像。
廟裡邊永遠是黑夜，香油燈盞照著亮光。

供香不停地冒著煙，使我的心在牠濃重的繚繞中受到創傷。
不寢不寐，我用一些錯綜迷亂的線條在牆壁上刻出許多奇異的形像——長著翅膀的馬，帶著人面的花，肢體像蛇的婦女們。

任何地方都沒留出一條通路可以傳進鳥雀的啁啾，樹葉的低語，或忙碌的鄉村的喧囂。
唯一回響在黑暗的廟宇裡的聲音，就是我的呪語的唸誦。
我的精神變得熱烈而肅靜，像尖銳的火焰，我的知覺在狂喜中昏迷。
直到雷震廟宇，我痛徹心坎時，我不知道時間是怎樣過去的。

燈盞看上去暗淡而羞澀；牆壁上的雕刻像鏈繫著的夢，在燈光裡無意識地注視著好像很想把自己隱蔽似的。
我望望祭壇上的塑像。牠微笑了，牠因上帝有生命的觸摸而有生氣了。
我所囚禁著的黑夜，已展開牠的翅翼而無影無蹤了。

73

無盡的財富不是你的，我的堅忍而憂鬱的塵世之母啊！

你辛勤操作，使你的兒女們可以糊口，可是食物是缺乏的。

你當作禮物送給我們的歡樂，永遠是不完備的。

你為你的兒女們做的玩具是脆薄易碎的。

你不能滿足我們所有的渴望，然而，難道我會為此而遺棄你嗎？

你那蒙上痛苦的陰影的微笑，對於我的眼睛是甜蜜的。

你那不知有終結的愛情，對於我的心是珍貴的。

你曾經在你的胸膛上用生命而不是用不朽哺育我們，這就是為什麼你的眼睛永遠警醒不寐。

多少年來你用彩色和歌曲工作著，然而你的天堂並未建起，只是建起了那可悲的令人想望天堂的暗示。

在你所創造的美麗作品上蒙著淚之霧。

我要把我的歌曲灌注到你無言的心裡，把我的愛情灌注到你的愛情中去。

我要用勤勞來尊敬你。
地母啊！我看到了你那溫柔的臉，我愛你那哀傷的塵土。

74

在世界聽眾的大廳裡，純樸的草葉跟陽光和子夜的星辰同席而坐。
於是就這樣，我的歌曲，跟雲霞和森林的音樂一起在世界的心中，分配到牠們的席位。
然而，有錢的人啊，在樸素莊嚴的太陽之愉快金色裡，在緘默月亮的柔和光輝裡，卻是沒有你那財富的份兒。
擁抱一切的天空之祝福，是不落到你的財富上面的。
而且，當死亡出現時，財富就暗淡無光，枯萎凋零而化為塵土。

75

在靜寂的子夜，那個自以為是苦行者的人宣告說：
「這是離棄我的家庭去尋找上帝的時候了。唉，是誰羈留我這麼長久在這個迷妄的塵世裡呢？」
上帝耳語道：「是我。」可是這人的耳朵是閉塞的。
他的妻子懷裡摟著一個酣睡的嬰兒，恬適地睡在牀的一邊。
那人說：「你們是誰啊？愚弄我這麼地長久？」
那聲音又說：「是上帝啊！」可是他沒有聽見。
嬰兒在夢中啼哭，緊偎著他的母親。
上帝下命令：「別胡思亂想，蠢貨，不要離開你的家。」可是他還是沒有聽見。
上帝歎息而抱怨說：「為什麼我的僕人要背棄我，而雲遊著去尋找我呢？」

76

市集在廟門前交易，從大清早起一直在下雨，而白晝到達了牠的盡頭。
比人群所有的歡樂更歡樂的，是一個女孩的愉快的微笑：她用一文錢買了個棕櫚樹葉做成的口哨。
這口哨清脆的樂音飄浮著，壓下所有的笑聲和喧囂。

無邊無岸的人潮湧來，互相推擠，道路是泥濘的，河水在泛溢，無休止的下著雨，田地都浸在水裡。

超過紛至沓來的人群的一切苦惱的，是一個男孩的苦惱：他沒有一個子兒去買一根彩色的棍棒。

他那凝視著店鋪的渴望的眼睛，使得人們的整個集會顯得那麼可憐而哀傷。

77

來自西鄉的工人和他的妻子正替窰上忙碌地掘土造磚。

他們的小女兒到河邊的碼頭上去；那兒，她有無盡的壺與碟的洗擦工作。

她的小弟弟跟在她後面，剃光了的頭，棕色的赤裸而泥汙的四肢。他站在高高的河岸上，耐性地聽候她的吩咐。

她頭上頂著裝滿的水壺，左手提著閃亮的黃銅罐，右手攙著男孩回家去——她，她母親的小小奴僕，嚴肅地肩負著家庭管理的重荷。

有一天，我看見這個赤裸的男孩伸著兩腿坐在那兒。

在水裡，他的姐姐手裡拿著一把泥土把水壺反來轉去地磨擦。
附近一隻軟毛的小羊站在那兒沿著河岸吃草。
牠走近男孩坐的地方突然大聲哶哶地鳴叫，男孩驚跳起來尖聲高喊。
他的姐姐就放下清潔水壺的工作跑過去。

她一隻手抱起她的弟弟，另一隻手撫慰著小羊。在他們之間分配她的溫暖，而把對人的子孫與獸的後代的愛，縮繫在一條帶子上。

78

是在五月裡，悶熱的中午好像沒有止境的漫長，乾燥的大地因暑熱和乾渴而龜裂。
當我聽到河邊傳來了喊叫的聲音：「來吧，我的寶貝！」
我合起書本，打開窗子向外張望。
我看到一隻滿身泥巴的大水牛，睜著沉靜而有耐性的眼睛，站在靠近河流的地方；一個年輕人，站在沒到膝蓋的水裡，在呼喚水牛去洗澡。
我愉快地微笑了，心裡感到一陣甜美。

79

我常常奇怪在那兒暗伏著人獸之間公認的界限，獸的心是不懂語言的。

在創造萬物的遙遠的早上，穿過一種什麼樣的原始樂園就曾展現著一條簡單的小路。

在那兒，他們的心已互相拜訪了。

他們長久踐踏的標誌並沒被抹去，雖則他們的血族關係早已被遺忘。

但是突然在一種無言的音樂裡，模糊的記憶甦醒了。獸就帶著一種溫柔的信任注視人的臉，而人就帶著令人喜悅的愛情向下看到獸的眼睛裡。

那好像是這兩個朋友戴著假面具相會，透過偽裝模模糊糊地互相認識了。

80

美麗的婦人啊！你能以你眼睛的一個流盼，掠盡詩人豎琴上所彈的歌曲的全部財富！

然而對於他們的歌頌，你卻充耳不聞，因此我就來歌頌你。

你能使得世上最傲慢的人在你腳下卑躬屈膝。

然而你所選以崇拜的，卻是你所寵愛的一些無名的人，因此我就崇拜你。
你那完美的手臂的撫觸可使帝王的尊榮增加光輝。
然而你卻用牠們來拂除塵土，去清潔你的寒舍，因此我就滿心地敬愛你。

81

為什麼你在我耳邊低語得這麼微弱，哦死神，我的死神？
當花朵在黃昏裡落下，牧群回到牠們的畜棚，你潛行到我身邊來說一些我聽不懂的話。
是不是用矇朧的囈語和冰涼的接吻之催眠，你定要來向我求愛，來贏得我，哦，死神，我的死神？

在那兒，我們的婚禮將沒有隆重的儀式嗎？
你不想用一項花冠束起你黃褐色的盤繞頭髮嗎？
在那兒，沒有人給你撐著旗傘前導，那晚將不用你紅色的火炬燃燒著嗎？哦，死神，我的死神？

來吧，在你法螺聲中，來吧，在那不眠之夜。
穿我以大紅的外衣，緊握我手娶我去吧。
讓你的車輦準備好在我的門前，你的馬匹不耐地嘶叫。
揭開我的面紗，驕傲地望著我的臉，哦，死神，我的死神！

82

今夜，我們預備玩一個死亡的遊戲，我的新娘和我。
夜是黑暗的，天空的雲是飄浮不定的，海上的波浪正在怒吼。
我們離開了夢之牀，跑去打開大門走出來，我的新娘和我。
我們坐在鞦韆上，暴風從身後給我們一陣狂野的推動。
我的新娘且驚且喜地跳起，顫抖著偎依到我的懷抱。
我溫柔地侍候了她好久。
我為她做了一張繁花綴成的牀，並且關上了門，從她眼睛裡把狂野的光芒關到門外去。
我輕輕地吻她的嘴唇，柔和地在她耳邊低語，直到她在慵倦中半入昏迷。

她迷失在朦朧的甜蜜之無窮雲霧裡。
她不回答我的愛撫，我的歌聲也不能喚醒她。
今夜，野外風暴的呼號傳到我們的耳際。
我的新娘顫抖而起立，她緊握著我的手跑出去。
她的頭髮在風中飄動，她的面紗飛揚著，她的花環在她的胸前悉索作聲。
死亡的推力把她盪進生命中去。
我們臉對著臉，心對著心，我的新娘和我。

83

她住在山麓下玉蜀黍的田邊，靠近那譁笑的泉流穿過古老樹林的肅靜的蔭翳的地方。婦女們到這兒來裝滿她們的水罐，旅客要坐在這兒休息閒談，她天天工作和做夢隨伴那潺潺而流的溪水曲調。
一個黃昏，陌生人從白雲隱沒的山頂下來，他的紛亂的頭髮糾結著似昏昏欲睡的蛇。我們奇怪地問：「你是誰？」他不回答，只坐在那潺潺不息的溪水旁，靜靜地凝視她所住的茅舍。我們的心駭得發抖，天黑時我們便回家了。

次晨，當婦女們到臺烏達樹邊的泉流去汲水，她們發現茅舍的門開著，然而沒有了她的聲音，那兒是她微笑的臉呢？空的罐子倒在地板上，燈在牆角裡自己熄滅了。沒有人知道她在天亮以前逃到那兒去了——那陌生人也不見了。

五月裡，太陽漸強，積雪融化了，我們坐在泉水邊哭泣，我們心中詫異，「她去的地方會有泉水嗎？在那兒，在這麼燥熱的日子，可以把她的水甕灌滿嗎？」我們很沮喪地互問著，「在我們住的這些山嶺外邊會有陸地嗎？」

是一個夏夜；微風從南方吹來；我坐在她丟棄的屋子裡，燈盞仍然在那兒沒有點亮，突然我眼前的山不見了，像帷幕被拉到一邊。「啊！來了一個人，就是她，她來了。我的孩子你好嗎？你快樂嗎？可是光天化日之下你能藏在那兒呢？而且，哎喲！我們的泉水竟不能在這兒解你的口渴。」

「這兒是同一的天空。」她說，「只是沒有了山嶺的屏障，——這兒是同一的溪水匯流擴成了大河——同樣的土地擴展成了平原。」「這兒什麼東西都有。」我歎息道：「只是我們不在這兒。」她苦笑說：「你們是在我的心裡。」我醒來聽到夜間溪流的潺潺，臺烏達樹的蕭蕭。

84

在綠和黃的稻田上空，掠過被急追的太陽尾隨著的秋雲的陰影。
蜜蜂忘記去吸取牠們的蜜；陶醉在陽光中，傻里傻氣地鼓動著翅翼嗡嗡而鳴。
在河中小島上的鴨群，毫無原因地高興得呷呷亂噪。
不讓任何人回家，兄弟們，今天早晨不讓任何人去工作。
讓我們去襲取蔚藍的天空，一面奔跑一面掠奪空間。
笑聲浮動在空際，好像泡沫浮動在海潮上。
兄弟們，讓我們在無謂的歌聲裡浪費掉我們的清晨吧。

85

你是誰啊，讀者，你一百年後誦讀我詩篇的人？
我不能從這春天的富麗裡送你一朵花兒，從那邊的雲彩上送給你一縷金線。
打開你的門戶，展開你的視域吧。
從你繁花盛開的園子裡，採集一百年前消逝花朵的芬芳記憶吧。

在你心的歡樂中，你也許會感覺到一個春晨所唱的當前歡樂，越過一百年，播送來了牠愉悅的心聲。

愛貽集

泰戈爾 著

糜文開 譯

序

泰戈爾於民國十三年到中國來講學時，梁啟超先生在北平師範大學作公開的學術演講來歡迎他，題目為「印度與中國文化之親屬的關係」，內容講述我國自印度佛教傳入後，文化上所受到的影響。他說：「印度給我們那份貴重的禮物，真叫我們永世不能忘記。他給我們什麼呢？一、教給我們知道有絕對的自由，二、教給我們知道有絕對的愛。」梁先生解釋絕對的自由是脫離一切束縛的根本心靈自由，不為物質生活奴隸的精神自由。總括一句，乃是自己解放自己「得大解脫」、「得大自在」、「得大無畏」的絕對自由。解釋絕對的愛是對於一切眾生的純愛，對於愚人或惡人悲憫同情的摯愛。體認出眾生和我不可分離「冤親平等」、「物我一如」的絕對愛。

又說：「這份大禮的結晶體，就是一部《大藏經》。《大藏經》七千卷，一言以蔽之，曰『悲智雙修』。教我們從智慧上求得絕對的自由，教我們從悲憫上求得絕對的愛。」；

「我們以為凡成就一位大詩人，不但在乎有優美的技術，而尤在乎有崇高的理想。泰戈爾這個人和泰戈爾的詩，都是『絕對自由』與『絕對愛』的權化。」

我們知道，泰戈爾不是佛教徒，而是印度教徒。但印度教和佛教的主張絕對的愛，追求絕對的自由，初無二致。泰戈爾和甘地並且還承襲了佛教的四民平等主張，提倡破除階級觀念的解放賤民運動。讓印度文化中「自由」、「平等」、「博愛」三要素，和今日世界的新潮流融合起來。

泰戈爾在華講學期間，適逢他六十四歲的生辰，梁先生答應泰戈爾的請求，給他起了一個中國名字「竺震旦」送給他。同時寫了一篇〈泰戈爾的中國名——竺震旦〉給他祝壽。這「竺震旦」三字，以竺字為姓，震旦為名。古代印度來華高僧，如竺法蘭、竺法護、竺念佛，均以天竺的竺字為姓。泰戈爾的原名Rabindra是Rab（太陽）和Indra（雷雨）兩者的聯合，正與印度人從前稱我國為「震旦」的漢譯意義相符。因而梁先生給他起名為「竺震旦」，恰為中印兩國國名的聯合。梁先生說：「從陰曀雰霏的狀態中砉然一震，萬象昭蘇，剛在扶桑浴過的麗日，從地平線上湧現出來（旦字末筆地平），這是何等境界！……今日我們所敬愛的天竺詩聖在他所愛的震旦地方過他六十四歲的生日，我用極誠摯極喜悅的情緒將兩個國名聯合起來贈給他一個新名曰竺震旦。……我希望印度人和中國的舊愛，借竺震旦這個人復活轉來。」

中國，是印度人的舊愛，而泰戈爾自訪華以後，三十餘年始終為中國人所熱愛，他用美麗的方式——他的詩歌——再灌輸給我們心靈以自由和仁愛。《愛貽集》(*Lover's Gift*)——愛人的禮物，是他給我們的寶貴禮物之一，卻迄未譯成中文。今夏得內子普賢、長女榴麗的協助，總算把它全部譯完。因摭拾泰戈爾訪華期間的舊事，並摘錄梁啟超先生的文章，藉以再來一談泰戈爾詩的內容，置諸卷首，以奉獻於我國熱愛泰戈爾的讀者作為參考。

民國四十七年九月文開於臺北

1

沙傑罕啊，你容許你帝王的權力消失，你卻願望著一滴愛之淚珠，永恆不滅。

「時間」不憐憫人的心，只嘲笑它可悲的記憶之掙扎。

你用美麗去引誘他（指時間——譯者），把他俘獲，用不滅的形，冠戴在無形的死亡之上。

在夜的靜寂中向你愛人耳邊低語之祕密，鑄成這石頭的永恆靜默。

雖則帝國崩坍向塵埃，多少世紀消失在陰影裡，那大理石卻依舊向星空歎息：「我記得。」

「我記得」——但是生命卻忘記，因為她被召喚趨向無盡期：她踏上她的旅程，無所負荷，將她的記憶留給這寂寂的美麗形式。

譯者註：此詩為泰翁詠泰姬陵傑作。沙傑罕，印度蒙古王朝五世帝，自西元一六二八年至一六五八年在位凡三十載。其后泰姬瑪哈兒早死，帝因愛后之故，接受她臨終時的請求，於一六三〇年為建白大理石巨墳於阿格拉城外以留永久紀念，稱泰姬陵。泰姬陵高達二百四十三英尺有奇，至今尚存，矗立瓊那河濱，倒影映水中，美妙無比。與我國的長城，埃及的金字塔等齊名，均為世界七奇之一。泰姬事蹟詳見拙著〈奇后泰姬傳〉，已編入《印度古今女傑傳》書中。

2

到我園中來散步吧，我愛。走過熱情的花叢，它們齊集到你視線中來。走過花叢，停留在即興的歡快前，這歡快像落日驟生的奇妙照耀著，但躲躲閃閃的。因為愛的贈遺是羞怯的，它從不說出名字來，它掠過蔭翳，把片片的歡樂鋪展在塵埃上。捕捉它，否則永遠失卻。可是這贈遺所能把握的僅只是一朵易碎的花，或者一盞閃爍的燈啊。

3

纍纍的果實擁進我的果園來，互相推擠著。牠們在光之中激漲起來，飽滿到煩悶。高傲地步入我的果園，我的王后，請坐在那裡樹蔭下，從枝頭採摘熟果，讓它們儘量地貢獻牠們甘美的重荷，在你唇邊。

在我們的果園裡，蝴蝶們撲翅在太陽中，那些葉兒搖曳，果兒喧譁到完成。

4

有如畦花的接近大地，她接近我的心；有如睡眠對於疲憊的四肢，她對我是甜蜜的。我對她的愛是生命的滿潮，有如一條河流的秋汛，以沉靜的放蕩奔馳著。我的歌曲與我愛合一，有如清溪之琤淙，是全部波浪與水流的合唱。

5

假使我富有天空及其全部星斗，富有世界及其無盡的財寶，我仍將有所請求；但是我將滿足於此地最小的一角，只要我有了她。

6

在這春的繁華之日的光中，我的詩人，唱吧，唱出那些走過去不作滯留的，那些笑著奔馳絕不回顧的，那些開花在一時興發的愉快，而在一剎那無憾的凋謝。

不要無聲無息地坐下去，把你往日的淚與笑之珠串撥唸著，——不要停步去拾取那些隔夜花朵上落下的花瓣，不要去追尋那些躲避你的東西，去推究那些不易解的意義，——把你生命的缺陷留在原處吧，讓音樂就從那些缺陷的深處響起來。

7

現在剩下的只有一點兒，其餘的消耗在一個疏忽的夏季了。這一點兒剛剛足夠容納一隻歌來唱給你聽；來織成一個花環優雅地纏繞在你的手腕上；來掛在你耳邊像一顆圓圓的粉紅色的珍珠，像一陣害羞的密語；來作黃昏的孤注一擲，而全部輸卻。我的艇兒是脆弱的小東西，不適合橫渡瘋狂的波濤於風雨中。假使你只輕輕地跨上來，我將緩緩地在堤岸的隱蔽處划你，那裡幽暗的水之漣漪，像一個微夢的睡眠。那裡斑鳩從下垂樹枝的午日陰影中悲鳴。到日終你倦了，我將採摘一朵滴水的睡蓮來插在你的鬢邊，然後我離開。

8

這裡是有容納你的地方的。你只和你的幾束稻禾在一起。我的小船已擁擠，裝載很重，但我怎能把你打發回去？你稚嫩的身體纖弱而欹斜；你的眼睛邊閃現著微笑，你的長袍的色彩有如雨雲。

旅客們將上岸各走其路，各歸其家。你將在我小船的船頭上坐一會兒，在旅程的終點無人阻止你的去。

你到那裡去？到怎樣的家去把你的禾束藏放？我不來盤問你，但當我收帆泊船後我將在黃昏中坐下而疑慮——你到那裡去？到怎樣的家去把你的禾束藏放？

9

婦人啊，你的籃子重重的，你的四肢已疲憊。為了什麼利益的渴求你要到什麼遠方去？路是長的，在烈日中塵埃是熱的。

看啊，這湖深而水滿，黝黑似烏鴉的眼。傾斜的湖岸鋪著柔軟的草。

把你疲憊的雙足浸入水中吧。正午的風將用牠的手指來梳沐你的頭髮；鳩鴿將低哼牠們睡眠的歌曲，樹葉將低語那巢居於陰影中的祕密。

即使光陰蹉跎，日落西山，即使橫越荒野的路迷失在殘照裡有什麼關係。

那邊就是我的屋子，以鳳仙花為籬的；我會領你去。我將給你鋪一張牀，給你點一盞燈。到早晨，當鳥兒被擠牛奶所攪擾而驚起，我會把你喚醒。

10

是什麼把這些蜜蜂從牠們的家中驅出；這些無形跡的追蹤者？牠們熱切的翅膀發出的是什麼叫喊？牠們怎會聽到安睡在花魂中的音樂的？牠們怎會找著牠們的路到那蜜汁羞怯地靜寂地躺著的小室裡去的？

11

這不過是夏天葉子的放芽，夏天蒞臨於海濱的花園。這不過是在南風裡的一陣攪動，一陣沙沙聲，一隻歌曲的幾聲懶洋洋的斷句，於是白晝便完了。但讓愛之花開放在夏天蒞臨的海濱花園。讓我的歡樂誕生，我的歡樂隨澎湃的歌曲拍手與舞蹈，使清晨驚喜地把眼睛睜得大大的。

12

好久以前，當你開了諸神之花園的南門下降到大地的最初青春時，哦，春啊，男人和女人都衝出屋外來，歡笑與舞蹈，在一陣愉快的狂熱中以花屑互擲。

年復一年，你帶著同樣的花朵散播在你的路途，就像那最初的四月。因此，今天，在瀰漫著的芳香中，他們呼吸著已變做夢的日子的歎息——消逝世界的纏黏悲哀。你的微風負荷著那已從一切人類言語凋謝的愛之傳說。

有一天，你帶著新的驚奇來到我因第一次愛而翱翔著的生命中。從此無經驗歡樂的嬌嫩懦怯每年來到，隱藏在你的檸檬花之早期綠蕾中，你的紅玫瑰在燃燒的靜默中帶著我一切說不出的。抒情的鐘點之紀念，那些五月的日子，一再微響在你新葉茁生的顫動裡。

13

昨夜在花園中，我獻上我青春的泡沫之酒。你舉杯向唇，你閉目而笑，這時我揭開你的面幕，解散你的髮髻，把你的靜默的甜蜜臉兒垂伏在我的胸口，昨夜明月之夢泛溢那瞌睡的世界。

今天在黎明的露冷寧靜中你步向神廟，沐浴後穿著白衣，手提滿籃的鮮花。於樹蔭下垂著頭，我站在到廟宇去的寂寞路邊，在黎明的寧靜中。

14

假使今天我焦急了，請恕我，我愛。這是第一次的夏雨，河邊的森林鼓動，開花的卡騰 (Kadam) 樹用芬芳的酒杯撩亂那過路的風。看，天空的每一角上，電閃投射牠們的瞥視，疾風在你髮間狂暴。

假使今天我帶來致敬的禮品，請恕我，我愛。日常世界隱蔽在陰雨的昏暗中，鄉村裡一切的工作都停頓，牧場是荒涼的。在你的黑色眼睛中，雨的到來發見了音樂。這就在你門口，七月在牠的青裙中等待著將素馨花戴上你的鬢髮。

15

在村裡她的鄰里說她黑——但是她在我心中是一朵蓮花，是的，一朵並不白淨的蓮花。在雲遮的日光下，我第一次在田野看見她時，她禿著頭，她的紗麗不兜在頭上，她的辮髮鬆散地垂在項間。她也許是黑得像他們在村裡所說的一般，但是我看見了她的黑眼睛便愉快了。

空氣的震動預兆著暴風雨。她衝出小屋來，當她聽見她花牛的驚嗥。她的大眼凝視雲頭一會兒，覺得要來的雨已在空中激動。我站在稻田的角上，——是否她注意到我，這只有她知道（也許我知道的）。她黑似夏天陣雨的訊息，黑似開花林地的蔭翳，她黑似五月苦思之夜對未知之愛的渴望。

16

她住在這石級已傾覆的池塘邊。許多個黃昏她凝視著月兒，被震慄的竹葉所眩暈的月兒；許多個雨天，濕土的氣息飄過稻的嫩苗來到她那兒。

在棗椰林間，在庭院中，女孩們一面坐著談笑一面縫著冬天的被褥，她的乳名是誰都知道的。這池中的水在牠深處保持著她游泳的四肢之記憶，她的濕足，一天又一天的留下牠們的足印在引向村落的小徑上。

今天，帶著壺到水邊來的女人們都曾見她為了單調的笑話而微笑，還有那老農人，引他的牛群去沐浴，慣於每天停在她門前向她問候。

多少航船途經這村落；多少旅客憩息在這榕樹下；渡船渡到那邊的淺灘運送人群到市集去；但他們從不注意這村路邊的地點，靠近這石級已傾覆的池塘邊，——那裡住著我愛的她。

17

韶光易逝，蜜蜂飛繞過夏園，月兒笑照過夜之睡蓮，閃電向雲兒抛擲過火吻又狂笑而去，詩人站在一邊，與雲樹合一。他的心冷靜著，默默地像一朵鮮花，透過他的夢看望，有如新月之所為。他漫步，像夏天的清風，毫無目的。

一個四月的黃昏，月亮上昇，像落日之淵吹起的一個氣泡。一位少女正忙於給花草澆水；一位在餵她的羚羊，一位在逗她的孔雀跳舞，詩人引吭而歌。——「哦，請聽宇宙的祕密。我知道睡蓮是為月亮的愛而蒼白。蓮花在早晨的太陽面前把她的面紗拉向一邊，如果你想一想，這道理很簡單。蜜蜂在早開茉莉的耳畔嗡嗡不休的意義已經失傳，但詩人懂得。」

太陽沉沒在羞紅的光焰中，月亮逗留在樹背後，南風向蓮花耳語，詩人並不像他看來那末簡單。少男少女們拍手高呼——「宇宙的祕密出現了。」他們目光相接而歌——「讓我們的祕密也飄散到風中去。」

18

你的日子會充滿了憂慮，假使你一定把你的心交給我。我的屋子就在十字路口，門戶都開著，而我心不在焉，——因為我唱歌。

我將永遠不能負責，假使你一定把你的心給我。假使現在我和著樂調向你發誓，到音樂靜止時我太認真而不能保持我的誓言，務請寬恕我；因為五月立的法，最好在十二月破裂。

假使你一定把你的心交給我，請勿長相憶。當你的兩眼因愛而歡唱，你的聲音因笑而波動，我對你問題的答案會很荒廢，而不吝嗇地求正確——你要永遠相信卻即刻忘掉。

19

書上寫著：一個人，到五十歲應該離開那煩囂的世界，到森林去隱居。但是詩人宣告，森林隱區只適宜於青年。因為那裡是百花的故鄉，鳥和蜂的根據地；隱蔽的僻壤正備作情侶私語的場所。那裡，對曼拉蒂花而言，月光只是一個接吻，透露深奧的意義；但這是離五十很遠的青年所理解的。
啊！青年是無經驗而任性的，因此，只應該是：老年應主持家務，青年去到森林蔭翳的隱區，接受求愛的嚴格訓練。

20

那兒是為你而設的市場，我的歌曲？是不是在那學者用他們的鼻煙混濁了夏日微風的地方；在那人們無終結的辯論「油依賴桶還是桶依賴油」的地方；在那黃色原稿蹙額反對生命的快速腳步的無價值的地方？我的歌曲喊叫道：啊，不，不，不。
那兒是為你而設的市場，我的歌曲？是不是在那有財富的人在他大理石的宮殿中變得更自豪，更肥胖的地方，那宮殿的書架子上陳列著噴金皮封套，被奴僕們拂去了上面的灰塵的書籍，它們那未曾翻過的書頁是奉獻給神的曖昧的地方？我的歌曲喘息著說：啊，不，不，不。
那兒是為你而設的市場，我的歌曲？是不是在那兒，在那年輕學子坐著的地方，他埋頭在書本上而心卻漂蕩在青春夢鄉；在那兒散文在書桌上巡行，而詩藏在心底？在那兒，在那汙穢的零亂中，你願意玩捉迷藏嗎？我的歌曲在羞慚的訥訥中保持緘默。

那兒是為你而設的市場，我的歌曲？是在那兒嗎？在那屋裡有新娘忙碌的地方；而有一刻的空閒她就跑回的房間，而從她的枕頭底下，充滿了她的髮香的，被嬰兒虐待著的那本傳奇故事書寫出來的地方？我的歌曲發出歎息帶著不能決定的欲望顫抖著。

那兒是為你而設的市場，我的歌曲？是在那兒嗎？在那鳥的最小音調永遠不被損失的地方，在那溪流潺潺地尋找到全部智慧的地方，在那裡世界上所有琵琶絃索散布它們的音樂在兩個激動的心上的地方？我的歌曲突然出現而喊道：是的，哦，是的。

21

（譯自德文特拉・沈（Devendranath Sen）的孟加拉文）

我愛，我想在生命的拂曉前你站在歡夢的瀑布下，用湍急的清流來注滿你的血液。

我又想，你的途程通達諸神的花園，園中素馨、百合、夾竹桃的愉悅花朵紛紛降落在你懷裡，使得你的心狂跳。

你的笑聲是一支歌曲，它的歌詞湮沒在曲調的喧響裡，那是無形花朵的芳香之狂喜，這正像月兒藏在你心中時月光從你唇之窗透射出來。我不問理由，我忘卻原因，我只知道你的笑聲是磅礴生命的喧響。

22

假使我有幸福的來世，只生而為一個勃靈達森林的牧童（譯者注：勃靈達森林的牧童指史詩中黑天克里夫那而言）。我將慣於為忍受文化的尊崇，在我屋裡死掉。

牧童坐在榕樹下牧放他的牛群，悠閒地編織恆伽花的花環，他愛好跳進瓊那河的清涼水中潑濺和潛游。

拂曉時他呼喚他的同伴們醒來，於是巷子裡每一家攪乳器的聲音哼出調子來，牛群升起塵埃的雲霧，少女們來到場上擠牛奶。

當吐瑪爾樹下的陰影漸濃，暮色籠罩在河岸上；當牛乳姑娘們提心弔膽地涉足亂流，當炫耀的孔雀展尾開屏，舞蹈在森林中；他閒眺著夏雲。

四月夜的芳香有如新開的鮮花，那時他頭髮裡插著一根孔雀毛隱沒在森林裡；秋千的繩索編織著花朵掛在樹枝上；南風因音樂而震顫；快樂的牧羊孩子們麕集在碧波河岸。

不，兄弟們，我永遠不願做這個新孟加拉的新時期的領袖；我不會煩勞於為在黑夜中的人來點燃文化的明燈。假使，我能只生於勃靈達的無憂樹蔭蔽的村子裡，那裡，牛乳被少女們攪動著！

23

我愛那些冷落池塘的沙岸，水鴨們呷呷喧叫，龜鱉們出水晅日；那裡，到傍晚漂蕩的漁船棲息於葦草的蔭蔽處。

你愛那綠蔭掩映的柳堤，那裡，被濃密的竹林所環抱；婦女們攜帶汲水的瓶甕來自蜿蜒的小巷。

流瀉在我們之間的是同一條河，向兩邊的河岸播唱著同一支歌。我獨自躺在星空下的沙地上靜聽那音樂；你呢，在晨光曦微中坐在斜坡的邊上諦聽。只是你不知我聽到的歌詞，而那潮音向你傾訴的祕密對我也永遠是一個謎。

24

窗兒半開，窗帘半掩，你佇立那兒等待販手鐲的帶了他的燦爛貨品前來。你閒看那重車輾軋著塵埃的道路，船桅沿著地平線蠕行過遠處的河流。

對你，這世界正如一個老婦人在紡車上所哼的歌曲，是被無所謂的心象所擠迫出來的無意義的音韻。

可是那陌生人，在這個悶熱的慵悃中午，帶著他滿筐的奇異貨品走在來的路上，有誰知道？他將一路叫喊著經過你的門口，你會突然開啟你的窗兒，拉去你的窗帘，從你夢的煙塵中出來，會見你的命運。

25

我緊握你的雙手，我的心就投入你雙眸的幽暗，搜尋你，那常常規避我躲在談話和緘默背後的人。

可是我知道在我的愛情中我必須滿足於這些飄忽和不確實的。因為在生命的十字路口我們曾一度相逢。我有力量帶你超越塵世的眾生，超越道路的嘈雜嗎？我有食物可以供養你越過張著死亡拱門的黑暗走廊嗎？

26

假使偶然你想到了我，我將在落雨的黃昏散布她的影子在河川上，慢慢拖著她薄暗的光線向西方去的時候為你歌唱，——當這一天的殘餘無論對工作或遊戲都嫌太狹隘的時候。

你將獨自坐在南面的陽臺上，而我就從幽暗的房中歌唱。在漸近的黃昏裡，濕葉的香氣將透過窗戶；風暴將在椰子林中變得喧囂吵鬧。

當點燃的燈盞被帶進屋裡來時，我就要走了。於是，也許你將諦聽著夜，當我沉默時聽見我的歌曲。

27

我把我所有的東西裝滿我的盤子，把它獻給你。明天我將帶什麼到你的腳邊？我思議。我像那棵樹，在繁花盛開的夏季快完的時候，用它高舉的空無花朵的枝幹凝望著空際。

但是在我過去所有的奉獻中，就沒有一支用眼淚的永恆做成的不凋之花朵嗎？

當我兩手空空站在你面前和我的夏日告別時，你是否會記起它，用你的眼色向我表示謝意？

28

我夢見她坐在我的頭邊，用她的手指輕輕地撥弄我的頭髮，彈奏著她撫觸的音樂。我望著她的臉，我噙著淚掙扎，直到無言的苦痛把我睡眠像輕氣球一樣的爆炸掉。我坐起來望見我窗外上空銀河的白光，像靜默的世界在燃燒，我幻想，在這時她是否有她的夢和我的夢叶韻。

29

當我們的眼光隔籬相遇時，我想，我有些什麼話要向她訴說。但她走開了。它日夜搖蕩著，像一隻小船在時間的每一波浪上，這就是我必得向她訴說的。它似乎駛在秋雲之中，作無休止的搜索，又開放成黃昏之花，在落照裡尋覓失去的瞬息。它在我心中閃爍似飛螢，在絕望的暮色中尋找它的意義，這就是我必得向她訴說的。

30

春花的迸放有如無言之愛的深情苦痛。她們的氣息帶來我往昔之歌的記憶。我的心忽然佩帶了希望的綠葉。我的愛人未來，但她的撫觸已在我四肢感到，她的聲音越過芳香的田園傳來。她的瞥視發自天空的愁淵，但那兒是她的雙瞳？她的熱吻布滿在空氣中，但那兒是她的櫻唇？

31

（自達泰（Satyendranath Datta）的孟加拉文改寫）

我的鮮花似牛奶，似蜂蜜，似醇酒；我用一條金絲帶把牠們紮成一個花束；但我看守不住，牠們逃跑了，只剩下那條帶子。

我的歌曲似牛奶，似蜂蜜，似醇酒；被保留在我跳動之心的節奏裡；但牠們展翼而飛，這些閒逸時刻的愛寵都逃跑了，於是我心靜悄悄地跳動。

我所愛的美人似牛奶，似蜂蜜，似醇酒；她的嘴唇像拂曉的玫瑰，她的雙眸像兩隻黑蜂。我的心保持靜默唯恐驚動了她；但她和我的鮮花我的歌曲一般躲避我，把我的愛情獨自留下。

32

多少次，當春光叩打我們房門時，我忙著我的工作，而你也不去應門。現在我獨自閒居，哀傷的春日又一次來臨，但是，我不知道怎樣去使他從門前拐向別處去。當他把歡樂來加冕我們時，大門緊閉；可是現在當他帶著惆悵的禮物來了，我卻不得不打開他的通路，讓他進來。

33

騷鬧的春天。這春天啊，在放浪歡笑中，用無思慮的玫瑰負荷著她的時間，用新生無憂樹葉的紅吻使得天空赬顏，曾一度進入我的生命。如今穿過寂寞的巷子沿著靜悄悄的沉思陰影，偷偷地進到我的孤寂中來，而且靜坐在我的陽臺上凝望著田野，那兒，大地的碧綠疲憊地暈倒在天空的全然蒼白中。

34

當我們到達離別的一瞬間，正像一片低罩的雨雲，我只夠時間來繫一條紅帶在你的手腕上，我的手顫抖著。今天，在瑪華花的季節，我獨坐在草地上，我心中兀是老想著一個問題：「你是否仍繫著那條小紅帶在你的手腕上？」

你從狹路上離去，路兩邊的麻田正開著花，我看見我隔夜給你的花環仍鬆弛地掛在你的頭髮上。但你為什麼不等待一下，等早晨我能採集新的鮮花來做最後的禮敬？

我不知，是否在半路上不知不覺地掉落了——那鬆弛地掛在你頭髮上的花環。

許多隻歌我曾唱給你聽，早晨和黃昏；當你離去時，最後一隻你帶著你的和唱聲走了。你不曾停留一下來聽我未唱的一隻歌，那隻讓你獨唱的永恆之歌。我不知，你最後有沒有厭倦了我的歌，那隻你哼著走向田野的歌。

35

昨夜，風雲險惡，阿姆拉克樹枝掙扎在狂風的暴力下。我希望，假使我做夢，夢見我所愛者的形像，在這被雨聲吵鬧的寂寞長夜。

淒風依舊號哭著竄越田野，黎明的淚染面頰是蒼白的。我的希望破滅了，事實是冷酷的，夢也有它自己的路。

昨夜，黑暗被暴風雨灌醉。雨像夜的面幕，被風撕裂成碎片。難道事實還要嫉妒那我所愛者的形像來會我的非事實，在無星的鬧雨之夜？

36

我的腳鐐，你在我心中奏著音樂。我整天地和你在一起玩耍，且把你作為我的裝飾。我們是頂要好的朋友，我的腳鐐。有好多次我很怕你，但是我的懼怕使我愛你更甚。他是我長夜的良伴，在我告別以前，我向你鞠躬，我的腳鐐。

37

你曾經，我的小船啊，你的舵曾經壞了許多次，你的帆曾經裂成許多片。你時常拽著錨被漂向大海也不在乎。但是現在，你的船身有了裂縫，你的裝載很沉重。現在是時候了，你得結束你的航行，靠在岸灘上被水波舐著搖擺入睡了。

唉，我知道，所有的警告都枉費。惡運的蒙幕之臉引誘著你。暴風雨和浪濤的瘋狂降臨於你。怒潮的音樂格外高亢。你被舞蹈的狂熱所搖撼。

於是，我的小船啊，斷了你的鐵鍊，得到了自由，無畏地衝向你的沉沒。

38

當我年輕時，我追逐著潮流，奔馳得迅疾而猛烈。春風駘蕩，樹木燃成繁花，小鳥不眠地歌唱。

我用令人眩暈的速力疾駛，被感情的洪水載走。我沒有時間去觀和感，把世界成為我的世界。

現在，青春已退潮，我擱淺在岸邊，我能聽到萬物的高深音樂，天空把牠作為心的星斗開放給我。

39

一個旁觀者坐在我眼的背後，似乎他看到了記憶邊岸以外的許多時和空的事物，那些被遺忘的景物，在草上閃光，在葉叢顫抖。在許多無名星星吐露微光的時刻，他從新的面幕底下看到所愛者的臉。因此，他的天空似乎因無數相逢和離別之苦而疼痛，而這春風裡充溢著渴望，——那渴望充溢著無始年代的低語。

40

從我逝去的青春歲月帶來的音訊說：「我等待你，在未生五月的顫動之間，那裡，微笑為眼淚而成熟，時間因未唱的歌而疼痛。」

又說：「穿過死之門，超越年代的陳舊道路到我這裡來。雖則夢想褪色，希望幻滅，歲月集成的果實腐爛掉，但我是永恆的真理，你將一再會見我，在你此岸渡向彼岸的生命航程中。」

41

少女們出去到河邊汲水——她們的笑聲越過樹叢傳來，我渴望到巷子裡去參加她們一起。巷子裡山羊在樹蔭下吃草，松鼠從太陽中穿過落葉向陰影裡飛跑。

但是我的日課已經做完，我的水壺已經灌滿。我站在門口看著亞萊迦葉的閃閃綠色，聽見談笑的婦女們到河邊去汲水。

天天頂著我滿壺的負荷曾是我親切的工作，在露滴之晨的清新裡，在落日夕照的餘暉裡。

當我心中閒逸時潺潺的流水向我娓娓陳述，用我愉快思想的靜默笑聲笑出來。——當我憂傷時，用涕淚的飲泣向我的心訴說。在風雨之日，當響雨淹沒鴿子渴望的鳴聲時，我帶著牠。

我的日課已做了，我的水壺已裝滿，西方的日光減退，黑影集於樹下，從開花的亞麻田裡傳來一聲歎息，我的想望的眼隨著這巷子穿過村莊到達黑水的岸邊。

42

你是否僅僅一幅畫，沒有那些星辰真實？沒有這個塵世真實？牠們因宇宙的運行而流動，但你無限地遠離在你的靜止中，你是描繪的形象。

那天，你和我一起行走時，你的呼吸溫暖，你四肢唱出了生命。我的世界從你聲音裡找到它的言語，你的臉撫觸了我的心。在「永恆」的陰影邊，你驟然停步，剩下我獨自前進。

生命，有如一個小孩，它笑著，它奔跑著去搖它死亡的玩物；它招呼我前去，我追隨著無形。但你站在那裡，你停在塵世和星辰的後面；而你是僅僅一幅畫。

不，不會這樣的。假使生命的滿潮完全在你身上停止，那末，江河將停止它的流瀉，黎明的足音將停止在她彩色的韻律裡。假若你髮光的暮色消逝在絕望的黑暗中，那末，夏的林蔭將和它的夢一起死亡。

我忘卻你，那能是實情？我們隨意的趕程，忘掉了路邊籬落上的花卉。雖則牠們的氣息不知不覺地進入了我們遺忘的冷宮，仍洋溢著音樂的節奏。你從我的世界遷移開，去取得我生命之根的位子，於是就是這遺忘——記憶失落在它自己的深淵。

你不再在我歌曲之前，已同我歌曲合一。你和黎明的初光同來我這裡。我在失去黃昏的最後金針時失去你。從此我常穿過黑暗來尋覓你。不，你不僅僅是圖畫。

43

死去後，你拋卻我生命中永恆的大悲在你身後。你用你臨別的落日之色描繪了我記憶的地平線，留下淚之轍跡橫越大地去到愛的天堂。擁在親切的懷抱裡，生與死在我身體裡結合。

我想我能看見你點了你的燈守在樓臺上，那兒萬物的終結和開始相會。從此我的世界越過你開啟的門戶而去，——你把你自己的生命注滿了的死之杯舉向我唇邊。

44

在死亡中，我身外的一切就對你是死去的了，離卻世界的萬物，而完滿地再生在我的悲傷中，我覺得我的生命完美了，男與女永遠合一在我之中。

45

婦人啊，把美麗和秩序帶進我的寂寞的生命中來，像你活著時把這些帶進我的屋子。掃除掉塵汙的斷殘時刻，裝滿空瓶，修補一切的疏忽。於是開啟神龕內部的門，點上蠟燭，讓我們靜默地相會在我們的神前。

46

天空凝望著自己無垠的蔚藍而夢想著。我們雲霞是牠的幻念，我們沒有家。星星在「永恆」的王冠上閃光。牠們的記錄是不變的，而我們的記錄寫下後，隔一會兒便擦去了。我們的角色是出現在空中舞臺上，來敲響我們的羯鼓，投射笑聲的閃光。但是我們的笑聲帶來陣雨，雨水確實是真的，而雷霆也不是一個玩笑。雖則我們對

「時間」不能要求酬報，吹我們成形的風，在我們還沒有得到一個名目以前便把我們吹散了。

47

路是我已婚的伴侶。她整天在我腳底下說話，整夜地在我夢中唱歌。

我和她的會見無所謂開始，無窮的開始在每天的破曉，鮮花和歌唱更新這夏季，而她的每一次新的接吻對我都是初試。

路和我是情侶，為她我夜夜變換裝束，黎明時把殘舊的累贅扔在路邊旅舍裡。

48

我每天走著這條舊路，我把我的水果帶到市場去，把我的牛牽到草地上，我搖我的船渡過溪水，沿途對我都是很熟悉的。

一天早晨，我的筐籃因貨物而沉重。人們在田野間忙碌，牧場擁擠著牛群；大地的胸膛因成熟稻穀的愉快而膨脹。

突然間空氣裡有一個震動，天空好像在吻我的前額。我的頭腦驚起像霧散的早晨。

我忘記順著路線了。我在小路上停了幾步，而對我熟悉的世界顯得對我生疏了。好像一朵花我只認識牠的花蕾。

我日常智慧是羞慚的。我在凡世的仙境迷途了。那是在我生平最好的運道，就是那天早上我失去了我的路徑，而找到了我永恆的童年。

49

我的孩子，你問我：「天堂在那兒？」——聖哲告訴我們，天堂超越乎生與死，不被日與夜的節拍所支配；它是不屬於這大地的。

可是你的詩人明白，它，因時與空而不絕地渴望著，它始終努力去出生於富饒的塵世。天堂滿足於你的芳軀裡，我的孩子，滿足於你跳動的心。

海歡樂地擊鼓，花踮起足尖來吻你。因為天堂在你身上，在地母的懷抱裡。

50

孩子（譯自洛埃（Dwyendralal Roy）的孟加拉語）

「來吧，月娘娘，下來吧，月娘娘，來吻我寶寶的額頭！」母親抱著膝頭上的女嬰呼喊，當月兒微笑著有似在睡夢中一般。在黑暗中偷偷地來到夏的隱約香氣，和來自芒果林濃影僻處的夜鳥之歌曲。在老遠的村子裡，一枝牧笛飛揚起悲哀音調的噴泉。那年輕母親坐在平場上膝頭抱著嬰孩甜蜜地低唱：「來吧，月娘娘，下來吧，月娘娘，來吻我寶寶的額頭。」她先仰看一下天空之光明，然後俯視她懷裡的大地之光明。我則驚奇於明月的沉沉靜寂。

嬰孩歡笑，跟著她母親唱：「來吧，月娘娘，下來吧，月娘娘。」母親露出笑容，月光的夜也含笑無言，而我，詩人，那嬰兒之母的丈夫，卻暗地裡在背後觀看這幅圖畫。

51

早秋季節的日子無雲，河水滿盈到齊岸，浸洗那淺灘邊危樹的裸露的根。長長的仄徑，像是村莊伸出的乾渴的舌頭，垂進河流裡去。

我環顧四周，我的心滿足了，仰視靜空，俯瞰流水，感覺到樂趣的擴展，有如孩兒臉上的微笑般純樸。

52

厭倦於等待，急性的花朵啊，冬天還沒有去，你們已經破裂你們的束縛。衝動的茉莉花啊，無形來賓的閃光到達你們路邊的守衛，你們奔跑喘息地衝出來，你們騷擾玫瑰的軍隊。

你是最先向死之破牆進軍者，你們色與香的喧囂攪亂了空氣。你們嘩笑，你們互相推擠，裸露著你們的胸，跌落成堆。

夏天會在牠的時間裡到來，揚帆於南風的漲潮。但你們從未計算無生氣的時刻去確定他來的時間。你們隨意浪費你們的一切在途中，在可怕的忠心之歡樂中。

你們聽見他的遙遠的足音，放下你死的覆蓋給他踏上去。你們的束縛在見到救援者以前便會斷裂，他能前來需要你之前，你當他是你自己的了。

53

香伯花（取材於達泰（Satyendranath Datta）的孟加拉語）

四月斷氣時我展開了我的花蕾，夏令用香吻去烙焦不願意的大地。我一半恐懼一半好奇地前來，有如一個調皮的頑童窺視隱士的密室。我聽見了被盜綠林的驚恐的耳語，苦口兒傳出了夏令的倦怠之聲。透過我產房的紛亂之葉幕，我看見了世界的殘酷，灰白，和憔悴。但我仍勇敢地出來，有著青春的信念，從天空的熾熱之碗，狂飲如火的烈酒，而高傲地招呼晨光。我，香伯花，在我心中有太陽的芳香。

54

混沌初開時，從上帝的夢之攪乳裡升起兩個女人。一個是男人們所渴望的天宮之舞女。她歡笑，從智者的冷靜沉思裡，愚者的空腹中，摘取了他們的心，隨手把牠們像撒種般散播在三月的放蕩之風裡，散播在五月之花的瘋狂中。

另一個是聖母，那尊嚴的天國之后，以黃金之秋的豐盛為寶座。她在收穫季節裡招引那些游蕩的心，趨向那像淚珠般甜蜜的微笑，趨向那像靜海般深奧的完美，——招引牠們去到「未知」之廟堂，那「生」與「死」的神聖合流處。

55

正午的空氣顫動著，有如蜻蜓的薄紗之翼。村舍的屋頂像鳥類的孵雛般翼護著昏睡的家屬，苦口兒隱在密葉中唱出牠孤寂的悲哀。

清新流暢的音符落在人群無韻律的勞作上，把情侶的私語，慈母的愛吻，嬰兒的笑聲，都增加了音樂性。牠們流過我們的思想，有如溪水的流過卵石，每一個無意之時間，在圓潤那些卵石臻於完美。

56

在我，黃昏是寂寞的。我閱讀一本書來乾涸我的心。對於我似乎是這樣，美不過是商人們用詞藻製成的一樣東西。倦了，我合上書，熄掉蠟燭。頓時房間裡浸淫著滿室的月光。

「美」的精靈啊，清光盈空的你，怎能躲在小小燭光的後面，書上的幾個無用之字，怎能如迷霧的升起，蒙住了她，不使她的聲音緘默大地的心歸於無言的沉靜？

57

這個秋是我的，因為她躑躅在我的心中。她腳鐲的閃光之鈴在我血液中響鳴，她霧翳的面紗在我呼吸裡起伏。我知道，我所有的夢都在撫觸她的頭髮。她漂流在那些搖曳的樹葉間，那些在我生命的脈搏裡舞蹈的樹葉間，而她那翦水的雙瞳微笑於藍天，讓我飲喝它們的清光。

58

眾物擁擠譁笑在天空裡；灰沙和塵埃像小孩們的跳舞旋轉。人的心被牠們的吶喊所喚醒；他的意識希望成為牠們的遊戲伴侶。

我們的夢，漂流在渺茫溪水裡的夢，伸出牠們的手臂來緊握大地——牠們的努力凝固磚石，這樣人的城市建築起來了。

許多聲音從過去蜂擁而來——向現在尋找答案。牠們翅膀的撲擊鼓動著空氣呈現震顫的投影。我們心中不眠的思想離開牠們的巢穴，飛渡朦朧的沙漠，形成感情的飢渴。牠們是無燈的進香者，尋覓光明的彼岸，在眾物中發現牠們自己：牠們會被引入詩人的吟哦，牠們會被寓居於未建的城鎮的塔中，牠們已從未來的戰場被征召武裝起來，牠們被吩咐在將來的和平之競爭裡攜手。

59

他們不在「我見一切」之鄉中建立高塔。一塊青草地沿著大路伸展，旁邊是一泓流水的清溪。蜜蜂縈繞那開放西番蓮的茅屋門框，男人們含笑地首途出差，而傍晚哼著歌曲回家來，無所酬勞，回到「我見一切」之鄉的家來。

中午，坐在天井的涼爽處，婦女們信口哼著搖她們的紡車，這時，飄過波動著的農熟，傳來牧笛的音樂。這怡悅了旅人的心，他邊走邊唱穿越那芳香叢林的蔭翳淡影，在「我見一切」之鄉。

商賈們裝載他們貨品啟航順著河流下駛，但他們不把他們的船隻碇泊在此鄉；士兵們飄揚著軍旗前進，但國王永不停止他的戰車。旅客們老遠走來，在此稍憩一會兒又走了，無所知悉於身在「我見一切」之鄉。

這裡無眾生互相推擠於路途。哦，詩人啊，建立你的房屋在此鄉。洗去你腳上的遠遊之塵，調好的琴，白天終結時舒展你自身於黃昏星底下的涼爽草地上，在「我見一切」之鄉。

60

國王的顧問，請取回你的錢幣。我是你派遣的婦女之一，派遣到叢林古剎中去引誘那個從未見過女人的年輕苦行者的婦女之一。我有辱你的使命了。

黎明破曉時那隱士到河裡來沐浴，他黃褐色的鬈髮擁塞在肩膀上，像朝雲的湧聚，他的四肢發亮，像一道日光。我們划著我們的小船譁笑又歌唱；我們躍入河中戲水謔浪，環繞著他跳舞。那時太陽升起以神怒的赤臉從遠水的邊緣照耀著我們。

像一個童神，那男孩睜開他的兩眼觀看我們的活動，那深受的驚奇使他的雙目炯若晨星。舉起他拱握的雙手，吟誦一首讚美的詩篇，他的稚聲有如鳥鳴，震顫那森林的每一張樹葉。從來沒有用這樣的言詞向一個凡女歌唱的；簡直像旭日從肅靜的群山巔升起時所受到的無言默讚。婦女們用手掩上她們的嘴，笑著偏斜她們的身體。

這時他臉上起著一陣疑惑的痙攣。我趕快到他身邊，十分痛楚地鞠躬到他腳上，我說：「主啊，請接受我的服務。」

我領他到青草的河岸，用我綢衣的末端擦拭他的身體，我再跪在地上用我的垂髮拭乾他的腳。當我仰臉看進他的眼睛裡，我想我覺到了世界的第一次接吻給與了第一個女人——我有福了，把我造成女人的上帝有福了。我聽到他對我說：「你是什麼未知的神？你的撫觸是超凡的神聖撫觸，你的眼睛有子夜的神祕。」

唉，不，不要露笑容，國王的顧問，——人世智慧之塵蒙蔽了你的視線了，老人啊。可是這個男孩的清白，洞澈了煙霧，見到了光輝的真實，那女人的神聖。

唉，在我之中，女神竟覺醒了，那第一次禮讚的嚴肅之光。眼淚盈眶，晨曦像姊妹般愛撫我的頭髮，林地之風吻觸林花時也吻觸了我的額角。婦人們輕拍她們的纖手，笑她們淫蕩的笑，她們面紗曳地，散髮披垂，用鮮花去投擲他。

哎喲，我無瑕的太陽，我的羞慚不能織成濃烈的煙幕來隱蔽你嗎？我們倒在他腳邊叫喊：「請恕赦我！」像一隻受傷的鹿，我奔逃著穿越林蔭和平陽。我且奔且叫：「請恕赦我！」婦人們淫穢的笑聲像爆裂的火燄般壓迫我，但那言辭永遠在我耳朵裡響著：「你是什麼未知的神？」

橫渡集

泰戈爾 著　裴普賢 譯

1

當我必須離去的這天，「太陽」破雲而出。
像是上帝的驚異，那天空凝視著大地。
我的心是愁悶的，它不知道那兒來了召喚它的呼聲。
是否微風帶來那被我遺棄的世界之低語連同它淚滴的音樂，融和在晴朗的靜穆中了
呢？還是那遙遠海島的氣息曝曬在未知花叢的「夏天」了？

2

當市場收歇，他們就在黃昏中踏上歸程，
我坐在路邊觀看你駕駛你的小船，
帶著帆上的落日餘暉橫渡那黑水；
我看見你沉默的身影，站在舵邊，突然間我覺得你的眼神凝視著我：
我留下我的歌曲；呼喊你帶我過渡。

3

起風了，我張好我的歌之帆，
舵手，坐在船舵邊。
為了要在風和水的韻律中跳舞，我的船正急急地解纜。
白天是過完了，現在黃昏到臨。
我岸上的朋友們已告別而去。
鬆開鍊條，拉起鐵錨，我們藉星光而航行。
就在這我離開的時刻，風激盪成音樂的低語。
舵手，坐在船舵邊。

4

接納我吧，我主，就在此刻接納我吧。
讓那些沒有你而度過的孤兒般的日子被遺忘掉。
就只把這片刻的時間伸展過你的膝頭，在你的光下握住它。

我曾流浪著去追求聲音，這聲音引誘著我，卻沒有帶我去什麼地方。
現在讓我置身和平中，在我靜默的靈魂裡諦聽你的言語。
不要把你的臉從我內心的幽祕轉向別處，但請點燃它們，直到它們因你的火燄而光亮。

5

遠方暴風雨的童子軍已張開他們的雲幕在空際；光線暗淡了；空氣在樹林的無聲陰影中淚濕。
憂傷的平靜在我心底，有如音樂開始前彈奏者在琵琶上沉思的靜寂。
我的世界是靜肅的，它為了你進入我生命的極大痛苦之期待而靜肅。

6

你已經做得不錯，我愛，對於送給我你的痛苦之火，你已經做得不錯。
因為我的供香除非被焚燒，永不發出香氣來，我的燈盞除非被點燃，一直是盲目不明。

當我的心靈麻木，必須用你愛的電光來閃擊；那時被你的雷霆點上了火，就是蒙蔽我世界的黑暗也燃燒得有如火炬的通明。

7

把我從我自己的陰影裡救出吧，我主，從我殘破和混亂的日子裡，把我救出吧。
因為夜是黑暗的，你的香客已失去目力。
握住，請握住我的手。
救出我吧，從絕望中把我救出。
用你的火燄接觸我煩憂的無火之燈。
喚醒我疲憊的氣力，從它的昏睡中喚醒。
不要讓我逗留在後面計算我的損失。
讓大路對我每一步歌唱那屋子。
因為夜是黑暗的，你的香客已失去目力。
握住，請握住我的手。

8

提在我手裡的燈籠成為遙遠道路的黑暗之敵。

這路邊對我變成了一種恐怖，在那兒，即使是開著花的樹木也面目猙獰像是一個盛怒威嚇的幽靈；我自己的足音在蒙蔽的猜疑之回響中回到我身邊來。

於是我祈求你的晨光。在晨光裡，遠和近互相吻接，而在愛之中，死與生也將合而為一。

9

當你救我時，在你的世界的進香行列裡，腳步更為輕快。

當我心上的汙點被洗雪，我的心使你的太陽格外光輝。

在我的生命中，花蕾沒有開放成美麗的花朵，生物的心裡蒙上了憂傷。

當黑暗之覆蓋從我的靈魂除去，我的靈魂會帶給你的微笑以音樂。

10

你曾把你的愛送給我，你的禮物布滿這世界。牠們惠賜我很多，但我不認識牠們，因為我的心是睡著的，而夜是黑暗的。雖則失落在我夢的空穴裡，我還是時時被快樂所激動。我知道，為報答你偉大世界的寶藏，在早晨，當我心清醒時，你會接到我一朵小小的愛之花。

11

我的雙眸因守望而喪失了它們的睡眠；假使我沒碰上你，守望仍然是甜蜜的。我的心坐在煙雨的陰影裡等待你的愛；假使她被奪取了，期望仍然是甜蜜的。他們把我遺留下，從不同的路徑走開了；假使我獨自一人，諦聽你的足音仍然是甜蜜的。大地的切盼之臉編織著它的秋之霧，在我的心裡喚起了渴望；假使那是枉費，感到渴望的痛楚仍然是甜蜜的。

12

保持著對你忠誠的信仰，我的心，天就要破曉。

許可的種子深埋在土裡，它會萌芽挺生的。

睡眠，像一個花蕾，將把它的心瓣向光明展開，靜默會發現它的聲音。

日子近了，那時你的負荷會變成恩賜，你的苦難會照亮你的途程。

13

婚禮的鐘點是在黃昏時刻，那時，鳥兒已唱過牠們最後的歌曲，風甜息在水上。那時，落日在新房裡鋪開地毯，燈盞是準備著點個通宵。

在沉靜的黑暗後面，步行著一個看不見的來客，我的心顫抖著。

歌聲靜下來，因為祝辭要在黃昏星底下宣讀。

14

夜晚，騷鬧疲倦了，海的低語遍布空際。

日間雲遊的種種慾念歸來，環繞著點燃的燈盞而休息。

愛的活動靜止成為崇拜，生之流觸到深淵，形體的世界歸巢在美之中超越了一切形體。

15

在這個睡眠的人間，在倦宿於靜止樹葉間的空氣裡，誰是獨一的覺醒者？覺醒在靜寂的鳥巢裡，在花蕾的祕密中心？覺醒在夜的悸動星斗間，在我生存的痛苦之深淵？

16

你在黎明時來到我門前唱歌，使我從睡夢中醒來，這惹氣了我，沒有被理睬，你走開了。

你在中午時前來要水喝；我正在工作，這激怒了我。你受著譴責被打發開了。

你在夜晚帶著熊熊的火炬前來。

你對我像是一個可怕的人物，於是我就關上我的門戶。

如今，在子夜時分，我獨坐在無燈的屋裡，喊你回來，那個被我無禮趕走的人。

17

把我這生命從塵埃中撿起。
把它看守在你的目光下，掌握在你的右手中。
把它舉起在光亮裡，隱藏在死亡的陰影下面；
把它和你的星群一起保管在夜之寶箱裡，然後在早上讓它在禮拜中盛開的繁花裡發現自己。

18

我知道，這生命失去愛之成熟，並未統統都失去。
我知道，花朵在黎明時凋謝，溪流在沙漠中迷失，並未統統都失去。
我知道，在這生命裡任何因遲鈍而落後的，並未統統都失去。
我知道，我的夢迄未完成，我的曲調迄未彈奏，牠們依附在你的琴絃上，牠們並未統統都失去。

19

你來到我這兒，在春天的不定時刻，帶著笛曲和花朵。
你攪得我心湖的漣漪興波，激盪著愛之紅蓮。
你要求我同你一起出來，進入生命的祕密之處。
可是在五月的沙沙樹葉中，我感到睏倦了。
當我醒來時，雲兒聚在天空，枯葉在風中飄舞。
透過雨的淅瀝，我聽到了你走近來的腳步聲和一種呼喚，同你一起出來，進入死亡之祕密。
我走到你的身邊把我的手放在你的手裡，那時，你的雙目燃燒而水從你的髮際下滴。

20

白晝因雨而溟濛。
憤怒的電光掣過破碎的雲幕。
樹林像入籠的獅子，失望地搖擺著牠的鬃毛。

如此的一個日子，在狂風撲翅中，讓你駕臨，使我得到我的和平吧。
因為憂鬱的天空蔭覆著我的孤寂，加深了你撫觸我心的意義。

21

那一夜，暴風雨衝破我的大門，
我不知道你越過廢墟進入我的房裡，
因為燈被吹熄了，變成一片漆黑；
我張開我的雙臂到空際去尋找助力。
我躺在塵土上，在喧噪的黑暗中等待，我並不知道暴風雨就是你自己的標記。
當早晨來臨，我看見你站在太虛之上，在我房屋的上方。

22

來者是破壞之神嗎？
因為淚水的狂暴之海，漲成痛苦的滿潮。
紫雲在風中被閃電鞭策著狂奔，「瘋狂」轟雷般的大笑響遍空際。

生命坐在戰車裡由死神加冕。
獻出你的供品給他，你那所有的一切。
不要把你的儲藏緊抱在懷中，不要往後面看。
在他腳邊低下你的頭，把你的頭髮垂到塵土裡。
就在這剎那間上路吧。
因為燈盞已被吹熄，屋子是空寂的。
暴風尖銳地叫著穿過你的門，牆壁在搖動，從你眼界以外的幽暗之土傳來呼喚的聲音。
不要因恐怖而隱蔽你的臉；流淚也是枉然；你的門鏈已經折斷。
跑出去趕你的航程吧，去到一切歡樂和煩惱的終點。
讓你的腳步成為絕望之舞的腳步。
唱「在死亡中予生命以勝利」。
接受你的命運吧，啊，「新娘」！
穿上你的紅衣服跟隨著「新郎」的火炬之光度過黑暗。

23

我是靠緊你的，縱然我沒有知道，——當我傷害你時。
最後我承認你是我的主人，當我反對你而被擊敗時。
我僅僅使我對你的負債沉重，當我暗中搶劫你時。
我堅決保持著我的傲慢，來反對你的潮流，僅僅感到你的一切力量都在我的胸中。
我叛逆地在我屋裡熄滅了燈光，你的天空的星星卻使我驚奇。

24

你是像我的憂傷般來到我這兒嗎？格外地，我一定要緊纏著你才行。
你的臉蒙蔽在黑暗裡，格外地，我一定要看見你才行。
你的手發出的致命的一擊，讓我的生命在火光中跳起來。
眼淚從我雙目流瀉，——讓它們流繞在你腳邊禮拜。
讓我內心的痛苦對我訴說，你仍然是屬於我的。

25

我自己隱藏著來躲避你。
如今，我終於被捉住了，打我吧，我會畏縮嗎？
從此結束這個遊戲。
假使你最後贏了，就剝除我所有的一切。
我已經有我的笑和歌在路邊茅舍裡和莊嚴廳堂裡，——現在你已降臨在我生命中，
使我流淚吧，你能碎裂我心嗎？

26

當我從你的愛中醒來，我舒適之夜就要結束。
你的日出將用它火的試金石碰觸我心，我的旅行就在它勝利的痛苦之軌道上啟程。
我會敢於接受死的挑戰，並在嘲笑和威嚇的心裡帶來你的聲音。
我將袒胸去接受加到你孩兒們身上的虐待，冒險犯難來站在你的身邊，在那兒，沒有別的任何人，只有你獨自餘留。

27

我是厭倦的夏之大地，乾枯而僅有微命。
我等待你的甘霖在夜裡沛然下降，我袒開胸膛默默地領受。
我想望報答你以我的歌曲和繁花。
然而我的倉庫空無一物，只有透過枯草從我心裡發出深沉的歎息。
但是我知道你要等待早晨，那時，我的鐘點會有財富充溢。

28

到我這兒來，有如夏天的烏雲，展播你的陣雨從此空到彼空。
用你莊嚴的陰影加深山陵的紫氣，復蘇無生氣的樹林使繁花滿枝，喚起在山澗心裡的遠方探索的熱情。
到我這兒來，像夏天的烏雲，用隱藏之生命的允諾，和綠色的歡樂攪動我的心。

29

我曾經在夜晚碰觸白晝邊緣的地方遇到過你；在那兒，光亮把黑暗驚嚇成黎明，波浪把此岸的吻觸帶到彼岸。

從深不可測的澄碧之心發出黃金的呼喚，越過眼淚的迷濛，我嘗試去凝視你的臉，可是不能確知是否你是可見的。

30

假使愛拒絕了我，那末，為什麼早晨把它的心迸裂成歌曲？為什麼南風的低語散播在新生的樹葉中？

假使愛拒絕了我，那末，為什麼子夜在渴慕的靜穆中，忍受那些星星的苦痛？

為什麼這顆癡愚之心，還冒險地投擲它的希望在無涯際的海上？

31

僅僅是我禮物的一部分在這世界上，其餘的都在我的夢中。

你，那常常規避我之撫觸的人，隱藏著你的燈盞，在祕密的沉默中來到這兒。
我將因黑暗中的顫動而認識你，因不可見的世界之低語而認識你，因那不可知的海岸之呼吸而認識你；——
我將認識你，因我的心融化為淚之憂傷的突然愉快而認識你。

——32

我知道你將有一天要贏去我的心，我愛。
透過你的星星，你深深地凝視到我的夢裡；
你把你的祕密放在你的目光中送給我，我沉思，而我的眼睛因淚水而迷糊了。
你的求愛是在輝煌的天空裡，在瑟瑟的樹葉中顫動著，在那洋溢著牧笛的虛耗鐘點裡，在陰雨迷濛的黃昏裡，那時，心因孤寂而苦痛。

——33

有人暗地裡留在我手裡一朵愛之花。
有人偷取了我的心把它散布在天空的各處。

我不知道是否我已找到了他，還是正在到處找他，那是一種苦的痛楚還是樂的痛楚呢？

34

雨水掃蕩著天空，從此端到彼端。

在狂野的濕風裡，素馨花耽溺在它們自己的芳香中。

有一種祕密的歡樂在夜的懷抱裡，那是蒙紗的天空在它隱藏的星星間的歡樂，那是子夜森林在它貯蓄鳥歌中的歡樂。

讓我用它來填滿我的心，並且祕密地帶著它度過白晝。

35

當我在白天旅行時，我感到安全，我沒留心你的路途的奇妙，因為我正以我的速度自豪；你發的光站在我與你之間。

如今是夜晚了，我在黑暗中的每一腳步都感到你的道路，繁花的芬芳正洋溢在靜謐中——像熄燈後母親對孩兒的低語。

我緊握你手，在我的孤寂中，你的撫觸伴著我。

36

航行經夜，我來到生命的筵席上，晨之金杯，正為我注滿了光彩。
我快樂地歌唱，
我不知施主是誰，
我也忘記了詢問他的名字。
中午，我腳底下的灰塵變得發燙，頭頂上是火傘的高張。
被乾渴所驅遣，我到達井邊。
水灌注給我。
我飲喝。
我愛那紅寶石杯，有如接吻般甜蜜。
我沒有看到那個持杯人，也忘記了詢問他名字。
疲乏的黃昏，我覓路回家。
我的嚮導帶了燈來，向我招手。

我詢問他的名字，
但我只見他的燈光穿越靜默而行，只感覺到他的笑容充實了黑暗。

37

是黑夜，不要棄我而去。
那穿越荒野的道路寂寥而黑暗，迷失在紛亂中：
疲倦的大地靜臥在那兒，有如無杖的盲者。
我似乎一生專為等待這一瞬，去點上我的燈挑選我的花朵。
我已到達無岸大海的邊際，來躍身而入，永遠消失我自己。

38

我沒有知道，在黎明之前我已受到了你的撫觸。
通過我的睡眠，訊息慢慢地傳到了我，這是淚的驚詫，我張開了我的眼睛。
天空裡似乎為我充滿了低語，歌聲沐浴了我的四肢。
我的心俯伏禮拜，有如一朵負露之花，我覺到我生命的洪流衝向那無窮。

39

已經很久沒有來客了，我的門鎖著，窗關著；我想我的夜晚將是孤寂的。
當我睜開眼來，我發現黑暗已經消失。
我起床跑出去，看到我的門閂都已打開，透過敞著的門，你的風和光飄颺著它們的旗旛。
我在自己的屋裡是一個囚犯，把門關著，我的心常常打算去逃亡和流浪。
如今在我開啟的門旁，我靜坐著等待你的到來。
你仍用我的自由來拘束我。

40

熄掉你的燈盞，我的心，你的孤寂之夜的燈盞。
呼喚聲要你去打開你的門，因為晨光已普照。
把你的琵琶留在角落裡，我的心，你那孤寂生命的琵琶。
呼喚聲要你悄悄地出來，因為早晨唱著你自己的歌曲。

41

今早，你的最早花朵的禮物到我這兒來，也來了你的光的微弱曲調。
我是一隻蜜蜂，曾在你黃金般的黎明之心中打滾，
我的翅膀因它的花粉而閃耀。
在你四月裡的歌曲之筵席中，我已發現我的位置，我解脫了我的腳鐐，有如早晨在
它的迷霧中的單純遊戲。

42

解放我，像野鳥般自由，成為無須路徑的遊蕩者。
解放我，像雨的傾注般自由，像風暴之震撼它的鎖鍊，衝向未知的終點。
解放我，像林火般自由，像雷霆的大笑，投擲輕蔑向黑暗。

43

你召喚我時，我正在牆陰下瞌睡，我沒有聽到你的聲音。

於是你親手打我，流著淚打醒我。
我驚跳起來，看見太陽已上升，漲潮帶來深海的呼喚，我的小船已經在跳舞的水上搖盪著。

44

歡樂吧！
因為夜之束縛已經解除，夢幻已經消失。
你的世界已經撕裂它的面幕，晨之蕾已放開；醒來吧！哦，睡者，醒來吧！
光的問候次第伸展，從東方到西方。
在殘破監獄的壁壘上升起勝利的凱歌！

45

就在這一剎那，我看到你坐在晨之黃金地毯上。
太陽在你的皇冠裡照射，星星滴落在你的腳邊，人群前來向你禮拜之後又走開，詩人默默地坐在角落裡。

46

我的客人已經來到我的門口，在這個秋之清晨。
唱吧！我的心，唱你的歡迎歌！
使你的歌成為日照之藍的歌曲，成為露潤空氣的歌曲，成為收穫田地之豐盛黃金的歌曲，成為喧噪之水的譁笑歌曲。
或者靜靜地站在他面前一會兒，注視著他的臉；
然後離開你的屋子悄悄地跟他出去。

47

我住在大路陰暗的一邊，隔著路觀望我鄰居的花園在陽光下狂歡。
我感到我的貧窮，就懷著飢餓沿門挨戶地走去。
從他們漫不經心的豐富中給予我的愈多，使我更自覺我手持的是乞者之碗。
直到一天早晨，我的房門突然開啟，我從睡眠中驚醒，你前來要求賑濟。
失望地我打開我的箱蓋，驚訝地發現我自己的財富。

48

你曾把他擁到你的懷抱並以死亡給他加冕，常常等候在外面，像個乞丐等候在生命的筵席旁的人。

你曾把你的右手放在他的失敗上，並吻他以和平，這制止了生命的瘋狂乾渴。

你已使他成為一個，與所有的國王，以及智慧的古代世界合一。

49

在這世界的汙濁道路上我丟掉了我的心，但是你把它撿起放在你手裡。

在我尋找我歡樂時，我拾取了憂傷，然而你送給我的憂傷，在我生命裡卻轉為歡樂。

我的願望已被碎成片片，你收集它們，並在你的愛中把它們貫串起來。

當我沿門挨戶的流浪，每一腳步都把我引向你的大門。

50

當我在大路上，我是同群眾在一起；

到路的盡頭，我發現只有我和你。
我不知道我的日子在什麼時候暗成昏黑，也不知道我的同伴們什麼時候離開了我。
我不知道你的門戶何時開啟，我站著驚奇於我自己之心的音樂。
但是雖然牀已鋪好，燈已點亮，只有我們倆，你同我，我的眼睛裡仍有淚痕嗎？

——*51*

當他們來到，喧譁著圍繞住我，他們把你從我視線中隱蔽。
我想最後終究將把我的禮物帶給你。
而如今，白天已經過完，他們都已拿走他們應得的，把我單獨留下。
我看見你正站在門邊。
但是我發現我沒有禮物留下給你，我就向你拱舉我的雙手。

——*52*

你已經施給我很多，
我卻要求還要增加——

我來到你處，不僅僅是為了一杯水，而是為了泉源；
不只是為了要求引導到大門，而是到「主人」的大廳；是為了愛者的本身，不只是
為了愛之禮物啊。

53

在我開始我的一天之前我到你這兒來取得你的撫觸，讓你的眼停留在我的眼上一會兒。
讓我把你友誼的保證帶向我的工作，我的朋友。
將你的音樂注滿我的心靈，讓我能經歷吵鬧的沙漠！
讓你的愛之陽光吻接我思想的峰巔；然後逗留在我收穫成熟的生命之谷裡。

54

站在我的眼前，讓你的瞥視接觸我的歌曲使成火焰。
站在你的星群中間，讓我可以尋找生在它們光裡的我自己的崇拜之火。
大地正等候在世界的路邊；
站在綠斗篷上，那個她鋪在你的小徑上的綠斗篷；並讓我在她的草地和牧場花叢裡

感覺到我自己的問候之伸展。
站在我的孤寂黃昏裡，在那兒我的心獨自守望著；填滿她的寂寞之杯，讓我感到，
就在我自身上，你的愛之無限。

55

讓你的愛在我的聲音上遊戲，在我的沉默上休憩。
讓它透過我的心進到我一切行動中去。
讓你的愛在我睡眠的黑暗裡像星星般照射，在我醒來時像黎明的降臨，
讓它焚燒在我慾焰裡，
讓它流動在我本身的愛之全部急流中。
讓我把你的愛像豎琴奏樂般帶進我的生命裡，最後再把它同我的生命一起還給你。

56

我的「王」啊，你把你自己隱藏在你的光榮中。
沙粒和露滴比你本身更傲岸顯赫。

世界不愧於把你的萬物稱為它自己的——而且它永不惹起羞恥。
你為我們騰出空地，而你卻靜靜地站在一邊；因此愛點燃了她自己的燈盞去尋覓你，未經邀請便前來向你禮拜。

57

當我從宴會的屋子回家時，子夜的魅力靜止了我血液中的舞蹈。
我的心立刻變沉寂了，像燈盞熄滅了的散場戲院。
我的心靈越過黑暗站在星群間，我看見了我們正毫無懼怕地遊戲在我們「王」之宮殿的靜寂庭院裡。

58

昨夜，當我心默念我浪費了的那些日子，我就想到你對我說過——
「在青年的粗率生涯中，你仍把你房子裡所有的門戶開放著。
世界就隨它的高興而進出——這世界連同它的塵濁，疑忌和混亂——連同它的音樂。
和狂妄的群眾一起，我一再到你這兒來，既非你所知也非你所命。

假使你在明智的隱遁中關閉了你的門戶，我怎麼能找到進入你屋子的路呢？」

59

沒有人需要被擠到旁邊去而為你騰出空地來。

當愛準備你的位子，她也為所有的人準備。

塵世之王所到之處，守衛把群眾阻擋在外邊，但當你來時，我王，整個世界跟在你後面來到了。

60

伴同著他的晨之歌曲，他來敲叩我們的大門，帶來他的日出之問候。

隨同他，我們帶我們的牛群到田野去，在蔭翳裡吹奏我們的笛子。

我們丟下他，卻一次又一次地在市場的人群裡找到了他。

在白天忙碌的鐘點裡，我們忽然遇到了他，正坐在路邊的草地上。

他打鼓時我們前進，

他唱歌時我們起舞。

我們把我們的歡樂和憂傷來玩他的遊戲，直到完畢。
他站在我們船的舵邊，
伴同他，我們在危險的波浪上搖擺。
當我們的日課做完，我們點起我們的燈盞來等待他。

61

跑到他那邊去做他的同志吧，他正和所有的工作者一起工作呢。
環繞著他坐下來做他的夥伴吧，他正在那兒玩他的遊戲呢。
跟隨他，跟隨著他前進，步伐配合著他擊鼓的韻律。
衝進市集的稠密處——那生與死的市集。
因為在這兒他是和群眾一起，在他們擾攘的中心。
不要逡巡，不要在你的路程上逡巡著，披荊斬棘攀越荒寂的山嶺。
因為每一腳步正響著他的呼喚，我們知道那就是愛的聲音。

62

清晨，當鐘聲在你寺院響起時，男男女女趕快帶著他們鮮花的供奉，走下林地小徑。
可是我卻躺在蔭翳裡的草地上，任他們從我身旁經過。
我想，我懶惰是不錯的，因為那時我的花尚未開放。
白晝終結時，我的花已盛開，我就去做我的黃昏禮拜。

63

我「王」之路，靜靜地橫在我屋前，使得我心有所想望。
它向我伸出招呼的手；它的沉默喊我走出我的家；帶著無言的懇求，每一步它都吻觸我的腳。
它引我前進，我不知道要引到什麼放蕩之路，什麼意外的獲得，或者不幸的遭遇。
我不知道那兒是它曲折的盡頭——
但是靜靜地橫在我屋前的我「王」之路，使得我心有所想望。

64

白天終結時，我步向我「王」之屋，旅人們來問我——

「你帶給王什麼奉獻？」

我不知道拿什麼給他們看，或怎樣回答，因為我僅只有這隻歌曲。

在我的屋裡，我的準備是大規模的，在那兒，主意很多，多的是那出主意的人。

但是當我來到我「王」之屋時，我只有這簡單歌曲的奉獻，以點綴他的花鬘。

65

我的歌曲和春花一樣，都來自你處。

但是我卻帶了這些來給你，當做是我自己的，

你含笑接受了它們，你為我驕傲的歡樂而喜悅。

假使我的歌曲之花是脆弱的，凋謝而落到塵土裡，我將永不傷心。

因為在你手裡，缺乏並不是遺失，那些盛開成美麗的易逝片刻，在你的花鬘中已保持常新。

66

我「王」，你曾叫我在路邊奏我的橫笛，讓那些負擔著無聲生命的重荷者，可以在他們的差使裡停留一會兒，在你宮殿大門的陽臺前坐憩，驚歎；讓他們可以看到更新了陳舊的，重新發覺他們經常看到的，並說：「花兒盛開，鳥兒歌唱。」

67

當我最初的早歌在我心中甦醒，我想它們就是晨花的玩伴。

當它們振翅飛入荒野，那在我看來，像是夏日的精靈隨著迅雷的轟擊下降，去在譁笑中消耗它的一切。

我想它們有暴風雨的狂嘯向前衝進，並在落日之域以外迷失了它們的路徑。

但是如今，在黃昏之光裡，我看到岸的藍線，

我知道我的歌曲是小船，它們載著我橫渡怒海，到達港岸。

68

在你的琵琶上有很多的絃索，讓我把我自己的加進它們中間。

這樣，當你彈奏你的琴絃時，我的心將打破它的沉寂，我的生命將同你的歌曲合而為一。

在你無數的繁星中間，讓我安放我自己的小小燈盞。

這樣，在你的燈節的舞蹈裡，我的心將悸動，我的生命將同你的微笑合而為一。

69

讓我的歌曲單純似清晨的甦醒，像樹葉上落下的露滴。

單純似雲霞的彩色，和午夜的陣雨。

但是我的琴絃新調整好，它們投擲它們的音符有如新鑄槍矛的鋒利。

於是它們失去了風的精神，損傷了天空的光彩；我這些歌曲的節奏奮力搏鬥，去阻退你自己的音樂。

70

我曾看到你在生命的舞廳裡奏你的音樂；在春天的驟然迸葉中，你的笑聲曾來向我問候，躺在田野花叢中，我曾聽到你在青草裡的絮語。孩兒曾把你希望的訊息帶到我屋裡來，還有那婦人，你愛之音樂。如今我正等候在海邊，好在死亡中覺到你，在夜的星歌裡把生命的餘音再找回。

71

記得我在童年時代：每天，旭日會帶著牠的晨之新奇，像我的玩伴般闖進我的牀邊來；每天，對奇異的信仰會像我心中的鮮花般展瓣輸香，於是在純樸的愉快心情裡，觀瞻那世界的容顏；那時，無論昆蟲，飛禽和走獸，一般的野草閒花，以及天際的浮雲，都有牠們最豐富的令人驚異之價值；那時，夜裡雨聲的淅瀝帶來仙境的夢幻，黃昏慈母的聲音，賦與星辰以意義。之後，我想到死亡，想到帷幕和新的晨光之升起，我的生命在它愛的新鮮驚異中醒來。

72

世界啊，當我的心不在愛中吻你，你的光失掉了它充足的燦爛，你的天空點起燈盞，看守長夜到通宵。

我的心伴同她的歌曲來到你身邊，低語是被更換了，她把她的花環套在你的頸項上。

我知道她曾給了你一些東西，這些東西將同你的繁星一起被珍視。

73

你從很早的時辰就給了我你窗邊的位子。

我曾對在路上奔走你差事的你的沉默僕役們說話，又曾同你天空的合唱隊一起歌唱。

我曾看到大海在平靜中帶著它不可測量的沉默，在暴風雨裡掙扎著去打開它自己深奧之神祕。

我曾觀望大地，在它青春的揮霍宴會裡，在它沉思陰影的緩慢鐘點裡。

那些去播種的已經聽到我的祝頌，那些帶著他們的收穫物回家或他們的空籃子的曾在我的歌曲旁經過。

這樣終於我的白天結束了，如今，在黃昏時候，我唱我最後的歌曲，說我曾愛過你的世界。

74

是我的命運，作為你的歌者之服務。
在我的歌曲裡，我曾賦與你春花以聲音，給你的沙沙樹葉以韻律。
我曾唱入你夜之恬靜，和你晨之清明裡去。
第一次夏雨的震顫曾進入我的曲調裡，進入秋收的波浪裡。
我主，最後當你收拾我心進入我屋裡來時，不要讓我的歌曲停止，但讓它闖進你的歡迎裡。

75

我生命的貴賓們，
你，在晨光曦微時光臨，而你，在夜間枉駕，
你的名字，由春花說出，而你的，是由陣雨吐露。

你帶著豎琴進入我屋，而你，帶著燈盞。
在你們告別以後，我發現上帝的足印，在我的地板上。
如今，當我在我的進香結束時，在禮拜的黃昏花叢裡留下我的敬禮給你們全體。

76

我覺得我看到了你的臉，我就在黑暗中乘船出發。
如今清晨在微笑中破曉，春花正盛開。
但是假使光線微弱，花兒凋謝，我仍會向前航行。
當你對我做出無聲的信號，世界安眠，黑暗毫無隱瞞。
如今鐘聲嘹亮，船負載著黃金。
但是假使鐘聲沉寂，我的船空無一物，我仍會向前航行。
有些船已離去，有些還沒準備，但是我將不會滯留在後頭。
帆已張滿，鳥群從彼岸飛來。
但是，假使布帆下垂，假使岸上的音信遺失，我仍會向前航行。

77

「旅人，你到那兒去？」

「我沿著兩旁栽樹的小道，在羞紅的黎明中到海裡去沐浴。」

「旅人，那海在那兒？」

「在這河流結束它行程的地方，在那黎明開始進入清晨的地方，在那白天垂向昏暗的地方。」

「旅人，有多少人跟你同來呢？」

「我不知道如何計算他們，

他們正借著燈光整夜旅行，他們正整日歌唱著水陸兼程。」

「旅人，那海有多麼遠？」

「多少遠是我們全體在詢問的。

當我們靜止我們的談話時，它那海水的滾滾怒吼響徹雲霄。

它常常像是很近卻又遙遠。」

「旅人，太陽變得格外強烈了。」

「是的，我們的旅程既悠長又難堪。
誰精神疲倦了就歌唱，誰內心怯懦了就歌唱。」
「旅人，黑夜追襲你將怎樣？」
「我們就躺下睡覺，到新的早晨伴著它的歌曲破曉，海的呼喚在空氣中飄盪。」

78

大路的同志啊，
這兒給你我旅人的敬禮。
哦，我破碎之心的主人，離別的和失落的主人，日暮之灰色沉默的主人。
給你我破敗房屋的敬禮！
哦，新生清晨之光，
無窮白晝的太陽，
給你我不死希望的敬禮！
我的嚮導，
我是一個無盡路途的旅人，
我給你一個漂泊者的敬禮。

後記

因為我們是用消遣和欣賞的心情來翻譯泰戈爾詩的，我們有空就閱讀幾首，欣賞一下，順手譯出，譯完一冊，也不急謀出版，暫時只謄清了放在手頭玩索修改。所以從第一冊《漂鳥集》的譯成，到這第七冊《橫渡集》的校訂竣事，前後相隔有整整十年的時光。

這七冊泰翁詩集的譯本，大多是消夏的成績，民國三十七年夏天我譯成《漂鳥集》後，三十八年三十九年夏天和長女榴麗合譯《新月》、《採果》，其他《頌歌》、《愛貽》等，我也譯了若干首。四十年計劃出版一本包括泰翁詩八集的《泰戈爾詩總集》，因力所不逮，未能實現。此後經過了四年的擱置（僅有零星的迻譯和發表），直到四十四年春香港大學《生活月刊》創刊，新亞書院畢業同事古梅、楊遠主其事，來信洽稿，才把《漂鳥集》在該刊連載。想不到由於《漂鳥》的連載，竟重新掀起我國的泰戈爾熱。

《漂鳥集》連載後，臺北三民書局要求出版單行本，於四十五年七月初版，不旋踵而再版三版，風行一時，於是《新月》、《採果》，經過仔細校訂後也陸續出版。四十六年夏譯完《頌歌集》，並與內子普賢合譯《園丁集》問世；今年夏天，我譯完《愛貽集》，普賢譯出《橫渡集》。但八九月間，普賢為完成她著作《中印文學關係研究》一書的修訂工作，《橫渡集》的修改潤飾和謄清，已在十月裡。現在我再仔細加以校訂，完成了最後一套手續。至此計劃翻譯的泰翁詩，重要的七冊都已譯出。同時精選泰翁代表作的工作，去年夏天，我與普賢已選譯了《泰戈爾小說戲劇集》交三民書局出版。宿願得償，因記其經過。至於《泰戈爾詩集》之八《流浪集》（*The Fugitive*）的原文單行本，始終沒有覓購到，《泰戈爾詩歌戲劇集》（*Collected Poems and Plays of Rabindranath Tagore*）中，《流浪集》部分，只有刪節本，所以暫時不譯。泰戈爾詩的精選，已編入《印度文學講義》中，不擬另出單行本。

Crossing 舊譯作《歧路集》，今普賢就集中詩句之意，改譯為《橫渡集》，「橫渡」即佛經中的「波羅蜜多」，乃超度彼岸之意。

我在《漂鳥集》的序文中，指出了鄭振鐸所譯《飛鳥集》太草率，錯誤很多，所刪六十八首又大半是書中精彩部分，這樣譯書，太不負責任。《飛鳥集》久已絕版，因我的批評，意想不到，附匪的鄭振鐸竟即補譯六十八首，並對指出的錯誤全部改正，在大陸重新出版修訂本。聽說因此並另有他人譯的泰戈爾詩也在大陸出版了。這樣，讓窒息於共匪馬列主義唯物教條下的大陸青年，也有自由思想的泰翁詩可以閱讀，誠然是我們所樂聞的。

《泰戈爾詩集》七冊和《泰戈爾小說戲劇集》，蒙羅家倫先生一一賜書封面，《採果集》蒙梁實秋先生賜撰序文，《園丁集》蒙沈剛伯先生賜撰序文，《新月集》蒙蘇雪林先生補賜序文，應該重申我們的謝忱！穆中南、伍稼青、覃子豪、謝冰瑩、張秀亞、鍾梅音、王集叢、歸人、墨人、于吉、謝青、丁慰慈、彭邦楨、應未遲、百合、吳崇蘭、崔焰焜、王默鐸諸先生，對我們所譯泰戈爾詩均有寶貴的意見，予以評介，不論我們認識與否，一併在此誌謝！（見聞不及或一時疏漏者，乞恕！）臺灣大學的同學鄭清茂、林文月、王貴苓、王葆珍、柳鐘城、王雪真、李先鋒、鮑平、葉松君、印春榮，師範大學的同學董悅明、鍾京鐸、鄭仁甦、鍾毓田、劉明傑、劉玉勳、吳駿輝、劉彩姮、邱棨鐊、白玲、張健、唐文德等，他們有閱讀心得發表在臺、港兩地的報章雜誌上，對泰翁詩，有相當的認識和闡述，我也在此記下一筆，以留紀念。

又，我在《愛貽集》的序文裡，曾提到梁啟超先生給泰翁起中國名字竺震旦的事，在《頌歌集》的跋文中，則抄錄了胡適之先生給泰翁六四生辰的祝壽詩。現在我想起泰翁對於他那年在華和梁啟超、胡適、徐志摩等歡度六四生辰的事，相隔十六年後，仍有親切的回味。他曾在病榻上寫下了一首紀念中國友情的詩，可與民國二十七年他寫給我們蔣總統讚美我國神聖抗戰的信札媲美，特譯出附錄於後：

在我生辰的瓶裡，
我從許多香客那裡收集了聖水，
這個我曾記得。

有一回，我去到中國，
那些我以前不相識的他們，
將好友的標誌點在我的額頭，
把我當做一家人。
我不期然地把作客的外套脫卸了，
永遠顯示著人的赤裸相見之歡欣。

我穿上了中國衣服，取了個中國名字，
在我心裡早已領會到：
我在那裡找到了朋友，我就在那裡再生，
享有了生命的奇妙。

在異鄉開著不認識的花朵，它們的名字怪生疏，
異鄉的土壤是它們的祖國；
但在靈魂的樂土裡，
他們的親屬，卻受到了熱誠的歡迎。

中華民國四十七年十一月糜文開記於臺北

泰戈爾小說戲劇集

泰戈爾 著 糜文開、裴普賢 譯

「亂世中的涓涓清音」——詩人．鴻鴻

殖民壓抑的時代，創生了哲人泰戈爾；
百年之後，精神顛沛的時代，我們再次啟蒙於泰戈爾。

泰戈爾以詩作獲得諾貝爾獎，詩名流傳於世。然而他的創作光譜色彩紛呈，尚有短篇小說百餘篇、劇作二十多部傳世。他當時所處的印度，是後殖民與現代性萌發的年代，思想前衛進取的他，懷抱著階級與性別平等的追求、改革沉痾舊習的理想，有深情袒露的愛情叩問，也有洗練於宗教史詩的玄密人生哲理，而這些都在他清新有韻的小說、戲劇作品中，翩翩發揚開來。

本書集短篇小說七篇、戲劇兩部，由前駐印度大使暨印度文化研究專家糜文開，偕其夫人裴普賢教授一同選編、翻譯。二人長居印度，對當地民俗風情有著深刻的閱見，加上雋永詩化的譯筆貼近原作，讓這批涵容著人性柔韌之光的作品，得以用本初風貌，輕巧拂掠讀者的心上弓弦。

精緻典藏　泰戈爾

封面標題由一代名人羅家倫親筆題字
精心插圖，段落分明，文字簡潔
首創「翻頁動畫」，增添趣味巧思

新月集

泰戈爾　著　糜文開、糜榴麗　譯

《新月集》是泰戈爾以孩子之眼觀看這個世界的作品，在這本詩集中處處可見兒童般的想法及話語，滌淨我們久經世俗的心。

頌歌集

泰戈爾　著　糜文開　譯

本詩集是泰戈爾於一九一三年獲諾貝爾文學獎的得獎作品，原名是Gitanjali，意思是「頌歌的奉獻」，大多是對於最高自我（上帝）企慕與讚美的頌歌，故書名譯作「頌歌集」。

漂鳥集

泰戈爾　著　糜文開　譯

《漂鳥集》為印度著名詩哲泰戈爾著名的佳作之一，完成於一九一六年。在這三百餘則清麗抒情的詩篇中，歌頌著大自然的壯闊、人生的哲理、對社會的反思。

新月集（中英雙語版）

泰戈爾 著　糜文開 譯

泰戈爾最重要的兒童詩集
歌詠最純真的童心，讚頌最偉大的母愛

當那盛大的「普佳」節到來，鄰人的孩子們都來屋子四周玩耍，我要溶化在笛的樂聲中，整天在你心中震盪著。

親愛的姨母將帶著「普佳」的禮物來問：「姊姊，我們的孩兒呢？」媽媽，那麼你輕輕地對她說：「他在我的瞳人中，他在我的身體中，我的靈魂中。」

——《新月集》．終結

你看《新月集》這部詩，泰戈爾真的走回了他自己的孩童時代，以純粹兒童的感官、心靈來認識這世界，歌唱這世界，讚頌這世界。

——蘇雪林《新月集》序

《新月集》為印度詩哲泰戈爾的童詩集，於一九一三年出版，略早於《漂鳥集》，但在中文世界的讚譽不亞於之。泰戈爾的童詩純樸真摯，有兒童的異想天開，亦有母親的滿腔溫情。《新月集》簡單的文字充滿童趣，同時承載著深刻的情感，彷彿新月般的溫暖臂彎，能喚醒一顆顆無憂無慮的、童稚的心。

漂鳥集（中英雙語版）

泰戈爾 著　縻文開 譯

《漂鳥集》為印度詩哲泰戈爾享譽世界的佳作之一，完成於一九一六年。在這三百餘首短詩中，泰戈爾以清麗抒情的筆調，歌頌大自然的壯闊、體會人生的哲理、抒發對社會的反思、道出對人類的愛，隻字片語中蘊含了無限的哲思與智慧。

國家圖書館出版品預行編目資料

泰戈爾詩集／泰戈爾著;糜文開,裴普賢,糜榴麗譯.——三版二刷.——臺北市：三民，2022
面；　公分.——（經典文學）

ISBN 978-957-14-7003-0（精裝）
ISBN 978-957-14-6970-6（平裝）

867.51　　109017288

經典文學

泰戈爾詩集

作　者｜泰戈爾
譯　者｜糜文開　裴普賢　糜榴麗

發 行 人｜劉振強
出 版 者｜三民書局股份有限公司
地　址｜臺北市復興北路 386 號 (復北門市)
臺北市重慶南路一段 61 號 (重南門市)
電　話｜(02)25006600
網　址｜三民網路書店 https://www.sanmin.com.tw

出版日期｜初版一刷 1963 年 4 月
重印二版一刷 2003 年 2 月
三版一刷 2020 年 12 月
三版二刷 2022 年 2 月
書籍編號｜S860081
I S B N｜978-957-14-7003-0

三民書局